君のいた日々

藤野千夜

角川春樹事務所

目次

君のいた日々

第一章　泣きおやじ　春生（一）

1

春生は去年、妻を亡くした。

病気で。

本当にあっという間に亡くなってしまった。

というような軽い言い方は、今年もう五十歳になった自分には、さすがに不似合い、いかにも不謹慎だろうか。ふとそう考えもするのだったけれど、とはいえ年明けに体調を崩して二月に検査入院をした彼女、妻の久里子は、六月を待たずに息を引き取り、七月にはもう四十九日の法要と納骨を済ませて、小さな黒い位牌となって家の真新しい仏壇におさまっていたから、一周忌を迎えた今あらためて思えば、確かにすべてがあっという間だった。

もちろん去年の七月に四十九日の法要と納骨を済ませたのは、久里子本人ではなくて、春生をはじめとする親族、それとお墓のある真言宗のお寺、ここ、林野寺ということになるけれども。もっとも、それとて仏さまが存在しなければ、そもそも成立しない話ではあるだろう。

今、林野寺の広い本堂では、低く、よく通る声で若いお坊さんがお経をよんでいる。ご本尊、金色の不動明王の安置された立派な内陣の手前、透かし彫りの欄間のある高い鴨居からは、金何百万円、土地何十何坪といった大きな寄進の書き付けられた半紙が数枚垂れ下がって、庭からの風に小さく揺れている。お経の合間に、どうぞ、と促されて、まず春生が立って焼香をした。

つづいて息子の亜土夢が立つ。春生の母。それから久里子の両親、という順番でいいのかどうかはわからなかったけれど、ゆったり四人かけられる木の長椅子が、左右に各十列ほど。それぞれ席に着く時点で、場所を譲り合ってもいたから、ひとまずその席順に従って問題はないだろう。久里子の伯父、伯母。叔父、叔母。久里子の従姉妹。久里子の弟家族。久里子の遠縁夫妻もいる。

それから春生の姉家族。久里子の親友も、三人。ちょうど日曜日の法事になったおかげで、この世から少しずつ遠くなっていく妻のため、都心でもないベッドタウンのお寺まで、多くの人がわざわざ足を運んでくれた。

法事日和とでも呼びたくなるくらいに、外はいいお天気だった。

かすかに風があるのも、かえっていい具合だろう。参列者全員の焼香とたっぷりの読経が終わると、お堂を出て、一同で崖上のお墓を目指した。位牌は息子の亜土夢に持たせ、春生は新しい卒塔婆三本を手に歩く。急勾配の石段を登ってふうふう言うのも、ぎりぎり朗らかでいられるくらいの段数だった。

もっとも五十歳の春生でそうなのだから、さらに年輩の人たちには、ちょっときつかったかもしれない。先頭に立った春生がうっかりお墓の場所を一列間違えたので、喪服の一群とお坊さんが、つられて入ってすぐにUターンをした。

お線香の煙たなびく向こうには、うすく富士山が見える。

お昼はお寺の坂下にある割烹へ行き、貸し切りの部屋でテーブルを囲んだ。

乾杯をして食事がほどよく進んだあたりで、わざわざ遠くから足を運んでくれた親戚たちに、あらためてお酌をして回る。

「早いねえ、春さん、もう一年だなんて」

「ええ。あっという間ですね」

「大変だったでしょう、いろいろ」

「いやあ、俺は全然。それよりおじさん、心臓の具合は」

もともと久里子にゆかりの人たちだったけれど、二十年弱の結婚生活で、春生にもちゃんと馴染みが出来ている。正確には久里子との結婚生活は、十八年と十一ヵ月で途絶えていた。けれど、止まってしまったのは、まだ片方の時計だけなのだろう。春生の心の中では、ほぼ無意識のうちに、記録がちくちくと更新されつづけている。

そして今日で一年経った。

主役の席に鎮座した久里子の小さな写真とお位牌の前にも、コースの料理が、順々に供えられていく。ちゃんと美味しく食べているだろうか、久里子は。もっとも、見たところは少しも減っていかないので（当たり前だ）、焼き物や天ぷらは、帰りに包んでもらえばいいだろう。

食べ盛りの亜土夢がおやつにつまむかもしれない。そうでなければ晩のおかずにすればいい。確か四十九日の法要のあとも、頼んでそうしてもらった。

「ねえ春生、あんた、まだめそめそしてるんでしょう」

三つ年上のよく知る女性が、わざとそんなことを言った。

途端に鼻の奥が、つん、となる。春生はもともと涙もろいタイプだったけれど、こと妻の件に関しては、ほとんど瞬間破裂涙袋となっていた。なるだけ平静を装い、つねに心穏やかにいようと日々願ってはいるのだけれど、心のあちこちに傷があり、また思い出もたくさん埋まっているせいで、ちょっとした出来事や目にした光景、モノ、耳に入る言葉や音が予想外のポイントを刺激して、うっ、と痛み、うずくまりそうになる。

「姉さん。……なんでそういう意地悪な言い方するかな」

「なによ、その山田太一のドラマみたいな喋（しゃべ）り方」

「はい？」

「ほら、中井貴一とか。昔の。よくそういう喋り方するじゃない。姉さん、なんでそういう意地悪な言い方するかな」

「相変わらずだね」

　あまりに突拍子もない姉の攻撃に、どうにか動揺を抑え、鼻の付け根をきつくつまむ。それから相変わらず若く見える姉と、その大学生の娘のコップにビールを注（つ）ぎ、下戸の義兄には、ウーロン茶を一本取って来て注いだ。春生も車で来ているので、今日はずっとノンアルコールのものを口にしている。

「泣きおやじ、って亜土夢が言ってたのよ、この前」

　姉の言葉に引き留められ、隣の空いた席に腰を下ろした。義兄が瓶のウーロン茶の残りを、新しいコップにちょろっと注いでくれる。あまりに量が少なく、もう一本開けてくれようとしたので、いいです、いいです、これで、と慌てて辞退して、口をふさぐようにコップを手にした。

「泣きおやじ、って。俺？」

「他にいないでしょう」

「ひどいな、あいつ」

春生は首を伸ばし、部屋のずいぶん向こう、高校の制服を着た息子のほうを窺った。久里子の位牌に近い席で食事をしながら、久里子の両親、つまり彼にとっては母方の祖父母たちと談笑しているようだった。側には春生の母親もいる。

その母親の今の結婚相手と、大人になってからの春生夫婦、姉夫婦との折り合いが正直あんまりよくなかったから、行き来が盛んではなかったけれど、決して縁を切っているわけではない。だいたい今はそういう付き合いだった。

息子は久里子によく似た、すっとした顔立ちをしていた。

そのおかげか、初対面の人にはずいぶん静かで大人しい印象を持ってもらえるようだったけれど、実際の性格はそうでもない。案外きついところもあった。不良っぽさはないものの、なかなか内面は吐露しないクールなやつだ。自分で一度決めたことは曲げようとしない。無理に意見しようとして、逆に理詰めで責めてこられると、春生のほうがたまに泣きそうになった。

「春生おじちゃん、泣くの?」

息子の亜土夢とは従姉の関係になる凪ちゃんが、とても大学生とは思えない、ぽんやりした甘い声で言った。ハエが止まりそうな声、と以前義兄が言ったとき、笑ったのは確か春生だけだった。昔から身内にきびしい姉は、ハエなんていまどき滅多に見ないでしょ、コバエくらいで、と冷たく言ったように覚えている。

あのときは久里子も一緒にいただろうか。

「かわいそう。おじちゃん、また結婚したらいいのに」

「誰と」

「誰とでも。久里子ちゃんも、そのほうが安心するよ」

凪ちゃんは気の抜けた声で、生前そう呼んでいたのと同じ呼び方をした。

「いいって、いいって俺は」

春生はついムキになった声を出して、姉に笑われた。

「やだやだ、泣きおやじ」

そんな話題が出ることも、喪服を着た凪ちゃんの小さな爪（つめ）にきれいなストーンが光っているのも、法事なのに不謹慎な、と春生は少しも思わなかった。

もともと規律やマナーにうるさくないタイプでもあったけれど、日が経つというのはそういうことだろうと思った。仏壇やお墓に供えるお花だって、四十九日を過ぎてからは、むしろ明るいものを選ぶようにしている。

それにもちろん、姉の家族が普段から、春生たちにあれこれ気をつかってくれるのはよくわかっていた。

特に久里子が体調を崩して以降は、同じ関東圏に住む親戚として、感謝しきれないほど世話になったのは間違いなかった。

2

「泣きすぎか？　俺」

久里子の両親をターミナル駅まで送ってから、春生は助手席で携帯電話をいじっている亜土夢に訊いた。春生の実母は、姉夫婦が送って帰ったようだった。

携帯電話をいじっているときだったので、亜土夢は当然うるさそうに、

「は？」

と、こちらを一瞥しただけで、それ以上の返事はしてこなかった。かちかち、かちかち、というウインカーの音が、妙に車内に大きく響いている。なんだかタクシーの運転でもしているような気分になった。

「曲、なに」

と、亜土夢が言った。

「これ？」

「うん」

「えっと」

「なに？」

「さよ」

「え？」

「いや」

「なに？　早く言ったらいいじゃん」

「ん、さよならポニーテール、っていうユニット。かな」

「へえ」

「知ってるか？」

「知らない」

「そっか」

「古い人？」

「ううん。今の」

「タイトルは？」

「曲名は、わからないや。会社の大橋君のおすすめなんだけどな。お前のｉＰｏｄにもいれるか？　いれるならＣＤを」

「いれない」

「そう」

父と息子の会話があっさり途切れるのは、もうそういう年頃だからだろう。

春生自身の父親は、三十七だったか、ずいぶん若くに他界していたから、反抗期に男親にどういった感情を抱くのが一般的なのかが春生にはよくわからなかった。父親が亡くなったとき、春生はまだ小学校の二年生で、同じく五年生だった姉と、学校まで迎えに来た母親と一緒に、タクシーで病院へ向かった。よそ行きの服装もしていなかった母親が、やけに立派なハンドバッグを膝(ひざ)に置いていたのを不思議とよく覚えている。タクシーの中のものだと思うその光景が、本当の記憶なのか、あとで作り上げたイメージ映像なのかは自信が持てなかったけれども。いつになく無口な姉が、きつく手を握ってくれていたこととか。その頃から、春生はずっと泣き虫だった。

家に帰って喪服から着替えていると、仏壇のある和室の蛍光灯が、急にちらちら点滅しはじめた。

「おー、久里子ぉ、ただいま」

天井を見上げて、春生は軽くおどけて言った。息子が見たら嫌がるだろうと思ったけれど、どうせそばにいないからいいやとひとり笑いかける。「みんな集まってくれたよ、今日、おまえのために」

と、すぐ脇から、いかにも若者らしい、重く、気詰まりな感じの咳払(せきばら)いが聞こえた。

さっき一緒に帰って来たばかりなのに、春生がトイレに行き、ネクタイをゆるめ、居間で麦茶を一杯飲んでいるうちに、亜土夢はもう着替えを済ませたらしい。

「いたのか」

「俺、でかけるよ」

「どこに」

「友だちと映画」

「なに観るの」

「ブラック・スワン」

「彼女か？」

「全然全然。男と」

「ふうん。晩ご飯は」

「いらない」

「夕食代は」

「いる」

と、そんなときだけ手を伸ばしてくる息子に、財布から千円札を出して渡した。

春生は自分のことを、子供に甘すぎる父親だとつねづね思っていたけれど、ここであげていいのは千円までだと、体内の父親カウンターのようなものがゆるく知らせたので従った。だいたい普段からちゃんと小遣いは与えてあったし、ファストフードの株主優待チケットだって、折りを見て（というのはあまりそればかり使い過ぎないよう、バランスよく）渡していた。

亜土夢が文句もお礼も言わずに千円札を受け取ったので、やはりきちんと礼は求めておくと、

「ありがとう」

さっぱり言った息子が、ちらりと天井を見た。

もう点滅していない蛍光灯を気にしたのか。それともそんなものと交信していたくせに、と小さく抗議したかったのか。

この部屋の蛍光灯がときどきちらつきはじめたのは、妻が他界したあと、ちょうど葬儀も済んでからで、もう寿命だろうかと新しいのに替えてもすぐにまたちらついたので、あ、久里子、久里子がいるんだな、ここ、と気持ちの弱った春生をじんわり泣かせることになった。

もちろんそれは温かい、どこかホッとできる涙だった。

「ダメなんだよな、やっぱり。いくら蛍光管替えても。ちらついて」

いくら替えても、というほどのことはない。あのとき一度替えたきりの春生が白々しく言うと、

「だから照明ごと全部替えれば？　あるじゃん安いの、いくらでも」

高校に入ってまだ二ヵ月も経たない息子が言った。

「そっか」

「うん」

「考えたほうがいいのかもな」

「ずーっとそう言ってるじゃん」

亜土夢が、頰のあたりをぽりぽり搔きながら言った。普段、和室を使うのはほとんど春生だけだったから、それほど苦に思わず放ってあったけれど、全部取り替えれば、と息子に意見されたことは、確かに何度かあった。蛍光管を新しくしてもちらつくのだ。修理を頼むか、器具全体を替えるというのは妥当な判断だろう。

「俺が買ってこようか。それか、ネットで注文してもいい？」

「あーそうだね」

春生は曖昧な返事をした。なんだか急に、自分が年を取った気がした。

「じゃあ、父さんのカード番号で買っておくよ、いい？」

「え、知ってるっけ？　そんなの」

「うん。前に控えたっしょ」

「暗証番号は」

「母さんの誕生日。ていうか、ネットで買うのに、暗証番号いらないかも」

「うん、そうか」

「買っていい？」

「うん、いいけど……まあ、それはまた今度にしたらどうだ？」

「えー、俺買いたいんだけど、結構」

「なんで」

「気になるから」

「んー、わかった」

春生はうなずいた。うなずいてから、ゆっくり首をひねる。「いや、俺が買って来るかな、やっぱり」

「いつ」

「あとで」

「あとで？」

疑り深そうに言う息子に、なあ、遅刻するぞ、と外出を促す。自分のほうも完全に手が止まって、まだ着替えの途中だったけれど、半分下着の間抜けな格好のまま玄関へついて行き、いつものバカでかいスニーカーを履く息子の背中を見守った。

体つきのわりに、最近の子供らの足が大きいのはなぜだろう、と前に会社で話題になったことがある。世代が近い三人ほどで話し、洋間生活とか食の欧米化などのほか、きっと大きい靴があるからだろうと適当に結論づけたのを思い出した。昔はスニーカーでも二十七センチがせいぜいで、今みたいに二十八とか九とか、三十センチとかの靴を見かけることは普通にはありえなかった。

何時に帰るかと訊き、その申告は絶対守るようにとそこだけ強く言った。しつけるところとゆるめるところを、ひとりで使い分けるのは結構難しいと思った。たぶん成功していないけれども。

いつだったかテレビで見た教育評論家の先生が言っていた通り、ドアを閉めて、ゆっくり三秒待ってからカギをかける。

晩のおかずは、持ち帰った天ぷらでいいなと考えていた。

3

「どうしたんだろうね、一体」

「ん、知らない。最近ずっと調子悪くて」

久里子の体調が思わしくない、という話になったのが去年の一月だった。

かかりつけの地元の医院に通い、しばらく薬をもらっていたけれど、一向によくならず

に、

「おかしいわねえ」

と首をひねる老女医さんに紹介状を書いてもらったらしい。二月に入ってすぐ、私鉄で二駅向こうの大きな病院で検査を受け、それから、さらに精密な検査をするために入院することになった。

「一緒に聞く？　聞いてくれる？」

不安さを隠せない様子の彼女に付き添い、夫婦で最悪の病名と状態を告げられてからというもの、春生は自分にとって、大切なのは仕事ではなくて家族、とりわけ妻の久里子なのだと思い知らされることになった。

春生のほうが、なお詳しい病状を知らされたせいもあったのだろう。半休や遅刻、早退や中抜けを駆使して最初の半月ほどで仕事をきりよいところまで片付けると、あとは休職にも近い長期の休暇をもらい、ひたすら久里子に付き添い、介護することに時間を費やした。

たぶん春生の中の、泣き虫の心が勝ったのだろう。まだどうしても会社に行かなくてはならなかったときの、一秒もやむことのないざわつく気持ち、この世が終わりかけているような焦燥感、早く病院に向かいたいと願う心、駆けつけた春生を見つけ、はにかんだような表情をする病室での久里子を思うと、申し訳ないけれど会社のことはずっと後回しでもよかった。

「だめじゃない、それじゃあ。どうするのこれから」

少しひらがなっぽく喋るようになった久里子にたしなめられると、

「大丈夫だよ。どうせそろそろクビになるところだったんだ」

春生は朗らかに答えた。もともとそれほどムキになって働くタイプではなかったのだけれど、三十代半ばで運良くナイスなポジションに登用されてからは、自分を引き立ててくれた上司と会社に恩を感じ、それに報いるべく仕事に没頭していた。「もう疲れたよ、俺。派閥とか、出世とか。どうでもいい。不景気だし」

「あなた、あんがいきょくたんだよね」

ふたりきりで世界が完結している空間は、なにを話しても面白かった。

春生が久里子にはじめてあったのは一九七五年、中学二年のときで、ふたりは同級生だった。ただ本当に同じクラスにいる、というだけの、ほとんど接点のない同級生だった。当時は今よりも、ずっと友だちのハードルが高かったから、顔見知りで、出会えば挨拶（あいさつ）するくらいの人を、容易に友だちとは呼べなかった。まして異性だ。

それでも少し遅くなった帰り道、たまたま一緒になって、タワーリング・インフェルノの話をしたことを春生はよく覚えている。超高層ビルの上の方の階で、セレブたちが集まってオープニングパーティをしていると、下で火事が起こって、その火がどんどん上がって行く話だ。駅前の二本立て映画館で、ちょうどかかるところだったのだろう。道すがらの電柱に、ポスターがずっとくくりつけてあった。

「主題歌、いい歌よね。モーリン・マクガバン」

確か久里子がそう言ったので、春生はのちにサントラのLPを買ったのだった（実際にいい歌だった）。結婚したあとに訊ねると、そんなパニック映画について話したことや、そもそも帰りが一緒になって話したことを、久里子のほうは全然覚えちゃいなかったけれども。

もちろん春生のほうにしたって、それくらいインパクトのない話を長く覚えていられるくらい、彼女とは他に思い出もない、遠い仲だったということなのだろう。あるいはクラスの女生徒というものが、まだすべて遠い存在だったのだろうか。

ともあれ、そのまま久里子とは特に親しくもならずに、中学を卒業して、高校は春生が引っ越してよその県へ。

再会したのは、会社に勤めてからだ。飛び込み営業先の会社で、受付を彼女がやっていたのだった。

「違ったらごめんなさい」

と断って声をかけると、はいはい、はい、と応じて、にっこり笑い、ひさしぶり、と小さな同級生口調で言った。

それから一年ほど友だちっぽく付き合って、婚約して二年で結婚。春生はもう三十歳になっていて、早生まれの久里子は二十九歳。当時としては、まあ遅めの妥当くらいの婚期だった。

「俺、一九七五年からこっちの映画って、全部新しい気がするんだけど。へんかな」

病院にいて久里子と話していると、中学生のときと、夫として妻の看病をする現在の時間が、不思議なくらい混ぜあわさっているように感じられた。

「なーに、それ、ずいぶんあたらしいのがおおいね」

「俺、会社やめたら何しようか。やっぱり、うどんカフェやろうかな」

「春さん、ずっとそれあこがれてるね」

「それか雑貨も扱う居酒屋。名前は、イザッカヤ」

「くだらない」

病院のベッドで。

彼女がクリームソーダばかりを頼む一階の喫茶室で。

車椅子を押して上がった屋上で。

久里子とはたくさん話をした。

あの時間だけが人生のすべてだったと思うような、濃密で長い時間だった。それが振返れば、ほんの三ヵ月弱だったことにびっくりする。検査入院をしてからでも三ヵ月半だ。

去年の二月はじめに彼女が入院したときには、まだなんの病気かも知らなかった。あっという間に亡くなってしまった、という春生の思いには、その複雑なアンバランスさがつきまとっている。

今思えば、あれは確かにあっという間だった。

ならば人生も、あっという間なのではないだろうか。

夕方、春生は休日用のウォーキングシューズを履くと、地元の商店街をぶらりと歩いた。買うかどうかはまだ決めかねていたけれど、息子と約束した照明器具を一応見ておこうと思ったのだ。

居間でノートパソコンを立ち上げて、価格ドットコムなんかで探してもいいけれども。でもそれより現物がすぐ手に入るなら、そのほうがいいと思う世代、そういうタイプだった。

自宅を出て坂をちょっと下り、ゆるやかに坂を登って行った先が駅前につづく商店街だ。一度、久里子が病院でお世話になった若い看護師さんに、バス停でばったり会ったことがある。こちらは亜土夢と一緒に駅へ向かうところで、彼女は黒い日傘を差し、別方向へ行くバスを待っているところだった。それほど遠くない病院に勤めているのだから、この近くに住んでいてもべつにおかしくはないのだけれど、やはり予想外の出会いだったので印象が強く、それからバス停の脇を通ると、よくその看護師さんのことを思い出した。

もちろん、それは久里子のことを思い出しているようなものだろうけれども。

どこにいても、どうしていても、つい久里子のことを考えてしまう。

退職も覚悟した会社には幸い復帰することができたけれど、穏やかな仕事をする部署に異動になっていたので、困ったことに職場でも、まだそんな傾向にあった。

泣きおやじ、と呼んでいるのは、息子だけではないかもしれない。そういえば最近、お昼に誘ってくれる同僚がほとんどいなくなった。

電器店はどこがいい、どこが安いだろう。やっぱり駅ビルの中の量販店だろうか。

せっかくの地元商店街なのに、小さなお店に目を向けないのも悪いな、と思いながら、春生は通りの名前の書かれたアーチを見上げた。

久里子ぉ。

久里子ぉ。

ふいに大声で叫びたくなる。

どこにいても久里子のことを考えてしまうのは、もちろんどこにも久里子がいないからだろう。

久里子ぉ。

久里子ぉ。

久里子ぉ。

4

商店街のひなびた喫茶店に入ると、やけに品数の多いメニューを一応つらっと眺めてから、やっぱりクリームソーダを注文した。

春生自身は滅多に頼むものではなかったし、もともと久里子だって、そこまで極端に好んでいたという覚えはない。それが入院してからは、

「なんておいしいの、これ、さいこうののみもの」

と子供みたいな笑顔で言った。去年の春生の手帳には、そんな久里子との毎日が、克明に、鉛筆の細かい字でぎちぎちにつづってある。ベッドで久里子が眠る間に、ずっと書いていたのだ。

財布と一緒にそれをポケットに入れて来たから、緑のソーダに白いストローを突き立て、吸い上げては手帳を読み、うっ、と目頭を熱くする。吸い上げては、うっ。

たった一年ちょっと前のことなのに、もう忘れていた出来事や気持ちがたくさん書いてあって、不覚、というよりほとんど覚悟の涙を流す。鼻をすすり、アイスクリームを長い銀のスプーンですくう。そんな五十男は明らかに困った客だろう。でも、店内に他のお客さんはまばらだったから、気にしないことにした。

三十分ばかり、そんなふうにしていた。

レジの老主人は、またどうぞ、とやさしい笑顔で言った。喫茶店を出ると、春生は思っていた電器店へは向かわずに、久里子も好きだった和菓子店で黒糖のどら焼きを三つ買った。遠方の知人に贈ってもらった他の和菓子を仏壇には供えてあったけれど、せっかく近くに来たのだ。どら焼きを家族に一つずつ買って帰るくらいはいいだろう。

蛍光灯はまたべつの日にしよう。なにもこんな日に、わざわざ取り替えることはない。今日こそは思い切り、久里子のことを考えてもいい日だった。

できれば思い切り、天井でちかちかさせてほしい。

家に帰り、和室の蛍光灯がちらつくのを楽しみに待ちながら、黒糖のどら焼きを一つ仏壇に供えた。今日訪ねて来られなかった人からもたくさんお花が届いて、周りはちょっとしたガーデンのようだった。

「ねえ、久里子。もう二度と会えない人がいるって、きっと一生かけて覚えて行くんだろうね。人間って、そのために生きているんじゃないかな」

ねえ、久里子。そうじゃないかな。ダメかなあ、この年でそんなこと言ってちゃ。

春生はこっそり仏壇に話しかけた。

その夜、息子の亜土夢は約束した帰宅時刻を守らなかった。

といっても三十分ほどだ。

まあまあ春生は大目に見るつもりでいたのだけれど、素早く玄関へ出迎え、その件での詫(わ)びを亜土夢にちゃんと求めると、急に固いことを言いだすおやじの説教にいらついたのか、露骨に不愉快そうな顔をしたので親子げんか寸前になった。

「いや、そういうことならさあ、もっときびしく行くよ。俺も」

春生はめずらしく声を荒らげた。

「なんで。なんでそうなの」

息子がひるんだのがわかる。

「保護者の責任」

「ちっ」

「ちっ？」

「いや、ごめん」

「よし」

大きく腕組みをした春生はうなずいた。靴を脱ぎかけの亜土夢は、しょうがなさそうにうなずき返すと、

「んでさあ、自分は買ったの？　蛍光灯」

逆襲に転じてきた。

「なにそれ」と亜土夢は言った。「なにそれ」

「だって今日は命日だから。久里子の。母さんの」

「関係ないじゃん」

「あるよ、大ありだよ」

春生は言い、まあいいよ、あがれよ、と玄関の息子の肩をぽんと叩いた。「ちゃんと母さんにただいまって言いなよ。まだ、命日だから」

「あー、うん」

案外素直に従った亜土夢が、バカでかいスニーカーを脱ぐ。節電で消灯中の廊下の向こう、和室のあかりが、かすかにちらついて見えた。

「まだ」

第二章　うなぎ　久里子（一）

1

早くしなさい、もう出るわよ、と息子の亜土夢に声をかけてから、久里子は小さなあくびをした。まだ七月の終わりなのに、夏の疲れが早くもたまっている。

気がする。

たっぷり、と。

毎日暑いのに、極力冷房を控えているせいだろうか。

もともと冷えすぎは苦手だったし、最近の節電モードは、むしろ歓迎するところだったのだけれども。それでもニュースで繰り返し電力不足と節電の必要性を聞かされると、つい頑張りすぎているところがあるのかもしれない。少し気をつけないと、室内でも熱中症になることはあるのだと聞いた。

特に今年は早くから猛暑日がつづいている。

日中はもちろん、朝の早い時刻から、外の気温はあっさり三十度を越す。そんな状況を見越して、夏前からベランダでゴーヤを育て、サッシによしずを垂らしているけれども、いよいよ夏本番ともなれば、さすがに窓を開け、小さな風鈴を鳴らし、扇風機をフル稼働させるだけでは、どうしても湿度が気になってしまう。

やっぱりちょっと体が不満をもらしているのだろうか。

暑い。

暑いじゃないか、今年の夏、とか。

ひとつ家事を済ませると、久里子にはめずらしく、じとっと汗ばんでいることさえある。そういえばよそに買い物に出ても、近ごろは立ち寄るお店お店、どこもきっちり冷房を控えているから、夏なのに寒くてこごえる、ということがなくて嬉しい反面、一瞬だけ涼もう、とか、外の暑さから逃れてほっとひと息つく、といった気持ちになることもほとんどない。そういった小さな疲れが、体の中で積み重なり、蓄積されるのかもしれない。それと更年期のせいもあるだろうか。

きっと毎日の眠りも浅いのだろう。

首を左右に傾げ、指先で肩のツボを強く押す。一度本格的なマッサージにかかりたいけれど、久里子はあまりそういう習慣を持っていなかった。最近、古い友人が資格を取ったと人づてに聞いたものの、それは離婚後の新生活に備えてという話だ。きっと彼女も忙しいのだろうと想像すると、気軽に声をかけるのもためらわれた。

それともやっぱりこれは、ただ夏の疲れや更年期障害だけではないのだろうか。

そうかもしれない。というより、絶対そうではないのだろう。

昨年からのバタバタも、五月のあの日でひと段落、と自分なりに小さな区切りをつけたつもりだったけれど、そうやって意識してコントロールできるほど、あれは小さな出来事ではなかった。

世の中の大きな災厄とは簡単に比較できないにしても、少なくとも久里子にとっては、人生を一気に変える大きな事件だった。

永遠の別れをしたのだ。

去年。

夫の春生と。

久里子の大切な春さんは、去年五月に他界してしまった。


「俺、どうしても行かなきゃいけない？」

高校生になってはじめての夏休みを迎えている亜土夢が、ようやくのっそり現れた。よそ行きのシャツを着て、髪もちゃんと整えてあるのに、口を尖(とが)らせ、不満げに言う。

「もちろん」

「なんで」

「行くって約束したでしょ」

「だるいよ」

　声はもうしっかり男。身長も久里子を十センチほど越していたけれど、そのわりには、顔立ちにはまだ子供っぽさが残っている。父親のような、しっかりどっしりした骨格はしていない。

　むしろ女顔だ。

　そのおかげか、昔からガールフレンドには困らないようだったけれども。

　どちらかと言えば、言い寄られて困惑するタイプらしい。小学校高学年のころには、クラスの可愛い子がふたり、亜土夢を取り合って壮絶な争いをしたと聞いた。ゆりあちゃんと、ももかちゃんだっただろうか。中学でも何人か……確か三人だったと思うけれど交際していた。

　携帯電話を開いて時刻を確かめ、久里子はいよいよ出かけることにした。

「本当に行かなきゃダメ？」

　まだぐずる十五歳を追い立てて玄関へ向かう。

「だめー、あんたのご飯用意してないもん」

「カップ焼きそば食べるからいいよ、それかマック」

よけにしたいくらいの立派な一足だ。

アホみたいに大きなスニーカーが、靴脱ぎに一足だけ出してある。外に吊して、空き巣よけにしたいくらいの立派な一足だ。

「どうする？　革靴出す？」

「いいよ、それで。ていうか、ダメなの？」

「なにが？　留守番はダメだよ。スニーカーのことなら、まあ大丈夫かな」

「じゃあ、いいじゃん」

ようやく観念したのか、亜土夢はすっと足を下ろした。普段履きのものだけれど、撥水コーティングされていたし、買ってまだ日が浅いからきれいなほうだった。今日くらいの外出なら、べつに問題はないだろう。

今日は義理の姉と姪っ子と、都内で一緒に夕食をとる約束をしていた。

「えー」

「だめー」

2

夫は大手町にある会社に勤めていたのだけれど、帰宅途中に駅で倒れ、そのまま搬送された病院で息を引き取ってしまった。

あっけないお別れだった。深夜、病院にかけつけた久里子と亜土夢は、亡骸にしか会えなかった。

どうして、と久里子は何度も冷たくなった夫に訊いた。

どうして。急に。

朝の出がけの彼を思い出そうとして、久里子の嗚咽は少しリズムを変えた。

その朝、久里子はめずらしく夫を玄関まで送らなかったのだった。いつもだったら絶対に足を運び、笑顔でいってらっしゃいを言うのに。

そのせいで夫が倒れた、とはさすがに思わなかったけれど、いくらかのストレスにはなったかもしれない。そのことを悔やむ気持ちが、久里子の胸を塞いだ。

前の晩に口論をして、その感情を引きずっていたのだ。

「春さんは、ダメだよ。すぐ甘やかして。自分はいい顔して、私ばっかり悪者にして。そんなんじゃ上手く話をすすめられないよ。わかってる？」

前夜、食卓で久里子が問い詰めると、

「うーん、でもふたりともきついのも大変だろうしねえ」

遅めの夕食をとっていた夫はのんびりと言ったのだった。一杯飲もうかな、とバーボンのソーダ割りを、ちびりちびり口に運んでいた。遅めの夕食といっても、普段の夫からすれば、ずいぶん早く帰れたほうで、はじめのうちは亜土夢も同席していた。

「じゃあ春さんがきついほうやってよ、私が甘やかすから。そっちのほうが昔からの日本の家でしょう」

「いやいやいや、そういうのは昭和で終わりにしないと。それに俺んち、早くから親父いなかったから、たぶんそういうの苦手なんだよね」

「ずるいよ、それ」

「だって本当にそうなんだよ」

昔よく聞いた「家のことはお前に任せてあるから」といったタイプではなかったのだけれど、子育てに関してはわりと考えなしで、そのときの自分の感情で簡単に甘やかした。

その晩は、亜土夢の高校受験について話していたのだった。

そろそろ本気になってもらわないと困るよね、と心配する久里子と、まあなんとかなるよ、まだ五月なんだし、と呑気に構える春生とで言い合いになったのだ。

しかも、なるべくいい高校へ、とひそかに期待しているのは夫のほうで、久里子はべつに息子の実力以上の高望みをするつもりはなかった。ただ、進学を希望しているのに、どこにも行けなかったら困るだろう、と不安にかられたのだ。

肝心の亜土夢本人は、しばらく両親の意見を聞いていたものの、

「ねえ、喧嘩すんなよ。それで結論出たら言ってくれる？　べつに今日じゃなくていいから」

と、まるで他人事のように言うと、自分の部屋へ引き上げてしまった。そんな息子の態

度を許す、許さない、といったことでも夫婦でもめて、

「じゃあもう、あの子のことは春さんに全部任せるから」

と久里子は言い切ったのだった。「私はもう知らないから」

「おいおい、そんなあ。久里子、怒るなよ」

愛妻家の夫は情けない声で言い、久里子手作りのかぼちゃサラダを、おいしい、おいし
い、と口に運んでほめると、バーボンのソーダ割りをちろっとなめた。「今日はせっかく
早く帰れたんだから」

「だから話してるんじゃない」

「わかってるからあ」

「ダメ、適当なんだから。亜土夢のこと、全部お願いね」

「全部って、どう全部さ。あいつの身の回りのこととかも、俺がやるの」

「うーん、じゃあ受験のことと、生活態度のことでいいから」

「それもさあ、やっぱり久里子が見てやらないと……」

「やだよ、あとで春さんがひっくり返すもん」

「じゃあ、俺はもう口を出さないから」

「だめー、そういうことじゃないでしょ」

もめたといってもその程度だったのに、翌朝、あまりになにごともない顔をしている夫

のことがほんの少し癪に障って、久里子はいつもより、ちょっとだけ扱いを冷たくしたのだった。

ふだんしつこく訊ねるようなこと、今日のおおまかな予定や、なにかしておいてほしいことがないかをべつに聞かなかったり。短くても陽気な会話で、出勤前の気分を盛り上げるのをその日はわざと怠ったり。身だしなみの最終チェックを、本人まかせにしたり。

それでも見送りだけは、ちゃんと玄関までするつもりでいたのに、たまたま亜土夢のことをしている隙に、いじけたのか、すーっと勝手に夫が出て行こうとするのが目に入って、慌ててあとを追ったのだけれど、結局は廊下の途中から声をかけるのが精一杯だった。

「行って来ます」

最後に口にする夫の顔を、だから久里子はちゃんと近くで見られなかった。

メトロの駅を上がると、車道をわたり、川沿いの道を歩いた。

UVカットの日傘を差して、息子のこともちょっと日よけみたいにして。

コンクリートの護岸を数メートル下りた先に見える浅い川は、覗きこむと鯉のような魚がいっぱい底に集まっている。薄墨みたいな色のうねりが、川の水なのか、魚の群れなのか、水底のでこぼこなのか、久里子には一瞬判断がつかなかった。

その一方で空はまだ明るく、べったりと青く見える。

そこに誰かが吐いたため息のような、小さな丸まった雲がいくつも浮かんで流れていた。もう夕刻なのに、暑さはかなりのものだ。

あちー、と口を尖らせた亜土夢は、

「なんで、こんな早くに晩めしなの」

空を見て、ひとりごとみたいに言う。どうでもいいときに文句がしつこいのは、案外、父親譲りなのだろうか。普段は穏やかな人なのに、夫には急にくどくどと文句を言うときがあって、ポイントがわかんね、と亜土夢をよく呆れさせた。

そういう自分も同じタイプではないか。だいたい食べ盛りで、腹へったー、マジ腹へったー、が帰宅後の口癖なのに。生意気にご飯の時間が早いだなんて。バカバカしい。

「これくらいのほうがいいの。ゆっくり食事して、それでもまだ早く帰れるでしょ」

白い半袖ブラウスを着た久里子は、大人の説明をした。川向こうを歩く麻っぽいスーツの男性が、ふと若い頃の夫に見えて目を細める。二十代半ばくらいの人だ。もちろん、その人が夫のわけはないけれども。「うちだって近くないし。順子さんのところも小金井でしょ」

「ふーん」

亜土夢は大して興味なさそうに言い、シルバーメタリックの携帯を開いて見た。

こら、とたしなめようとして、久里子は自分のバッグの中の携帯が鳴っているのに気づいた。

出ると義姉の順子さんからで、お互いの今の状況、現在位置を説明しあう。

会食は五時からの約束だった。

3

「久里ちゃん、ここ、ここ」

引き戸を開けると、石のたたきの隅に義姉と姪の凪ちゃんがぽつんと立って待っていた。もう予約した五時になっていたけれど、中の支度が少し遅れているらしい。戸のすぐ外にも若いカップルが一組待っていたから、久里子はそちらにも一声かけ、一礼してから入って来た。てろんとしたピンクのワンピースを着た大学生のふわふわ凪ちゃんが、久里子と亜土夢にひらひら手を振りながら、やわらかな挨拶をした。心なしか、亜土夢が頬を赤くしたように見えたので、

「照れたの？」

久里子が指摘すると、高一男子が激しく動揺し、女三人は高く笑った。

古い民家のつくりをした、老舗（しにせ）のうなぎ屋さんだった。

前に夫とも、二度ほど来たことがある。うなぎは彼の一番の好物で、嬉しいときにうなぎ。悲しいときにもうなぎ。それは子供のころからの、彼の家での習わしだったらしい。

好きな食べ方はやっぱり王道の蒲焼きで、甘じょっぱいタレを何度もくぐったふっくらとしたうなぎに、山椒をぱぱっと振りかけ、箸を立て、勢いよくかき込む。ご飯はお重でも丼でも、家のお茶碗でもホカ弁の容器でも、なにに入っていようと気にはしない。一応、やわらかめの炊き加減を好むのは、普段の食事と同じようだったけれど、それにしたって、上にうなぎが載っていることでほとんど問題にはされないようだった。

もし他所の料理屋さんで、硬めのご飯が出て来たりしたら、

「えー、これは……。ん、んん」

と、さも大事のように、しつこく険しい表情をしてみせるくせに。

せっかく他の料理が美味しくても、あるいは他の料理が美味しければ美味しいぶん、余計残念そうにご飯への不満を口にするのに、うなぎのときだけはべつ。その心配がなかった。

昭和三十年代後半生まれ、高度経済成長期に育った夫にとって、うなぎはなによりのご馳走ということみたいだ。

「だって、うなぎっていうだけで幸せだからね。もう最高」

もちろん早生まれで同学年の久里子も、その感じはわかる気がした。

もっとも久里子の実家は、お祝いイコール完璧にお寿司派だったので、うなぎを特別な日に食べる習慣は、春生と交際してから身につけたものだけれども。

あとは夫の機嫌を取りたいとき、喜ばせたいとき、感謝したいとき、労をねぎらいたいとき、久里子は食卓にうなぎをこっそり用意した。

そんなに立派な串ではなくても、軽く日本酒を振ってせいろで蒸せば、

「うおっ、やった」

といい年をした男が本気で言う姿を、間近で見ることができた。楽しかった。会社でもそこそこのポジションについているようなのに、もともと中学の同級生だったからだろうか。いつまでも子供っぽさを妻に隠さず見せる夫のことを、久里子はいつも好ましく思っていた。

やがて大きめの座卓がひとつだけ置かれた、四畳半ほどの和室に案内された。

古い民家のつくりだけれど、木の廊下はつるつるに磨かれている。確か小さめのテーブルがふたつ置かれた部屋や、もっと大きな座卓のある部屋なんかがあったように思う。予約する時点で食事のメニューは伝えてあったので、あとは女三人がアルコールを、高校生の亜土夢がウーロン茶を注文した。

床の間に水墨画の掛け軸が下がり、節電モードのエアコンが、ほどよい冷気を天井近くから送り出している。テーブルの脇にうちわが置いてあるのは、暑がりの人への気づかいだろう。

「せっかくだから」

久里子はバッグからパスケースに入れた小さな写真を出すと、きれいな爪の凪ちゃんに渡し、メニュー立てのあるテーブルの隅に立てかけて置いてもらった。

「あら、春生来てるの」

実年齢よりひと回りは若く見える義姉が言う。長い黒髪はたっぷりとつやつやしていたし、高さのあるほお骨と尖った顎も、きれいに照明をはね返していた。「あの子、うなぎ好きだったもんね」

「ええ」

やっぱり過去形か、と思いながら久里子はうなずいた。

どう、最近の調子は、とこの前義姉に電話をもらったとき、じつはちょっと疲れ気味で、と久里子が正直に話すと、

「あらそう、じゃあなにか元気の出るもの食べに行こうよ、うなぎ。うなぎかねえ、夏だし」

とすぐに誘ってくれたのだ。

そのとき、

「ほら、春生も好きじゃない、うなぎ」

と現在形で言ってくれたのが思いのほか嬉しくて、

「そうですね、春さん、うなぎ好きだし」

「そうそう、あいつ、なにかって言うとうなぎだから」

とまるで夫に内緒で、サプライズのパーティでも企画するように今日の約束をしたのだった。

もちろん一周忌も終えて、いつまでもそんな未練たらしいことを言っても仕方ないとはわかっていたけれども。

会社帰りの夫の死は労災が認められたし、死亡保険金やそれまでの蓄えも生活費に充てられたけれど、亜土夢とふたり、これからもちゃんと生きて行く心づもりだったから、久里子はフルタイムではなくても、なにかきちんと生活のリズムを刻んでくれるよう、そろそろ仕事を見つけようとは思っていた。友人に相談して、いくつかできそうなことを探している。

飲み物が来て乾杯をし、すぐに届いた大きなう巻き玉子をみんなでつついた。

こんな早くに晩めし？　と不満げだったはずの亜土夢が、むっちりしたひときれをばくりと一気に行く。

「春生ー、う巻きだよー。あげなーい」

陽気な義姉が、黄色い玉子焼きをつまんだ箸を写真のほうに向けて言ったので、久里子は、ふふ、ふふふと笑った。

4

左の乳輪のあたりに、小さなできものがぽつんとある。

久里子がそのことに気づいたのは、夫が急逝してひと月も経たないころだった。

なんだろうこれ、いぼかな、と観察し、なんとなく、本当になんとなくなのだけれど、もしかすると春さんがここに現れたのかも、なんてしばらく考えていた。

あの人、じつはかなり寂しがり屋だし、泣き虫だし。

私や亜土夢のいるところから離れられないのかもしれない。

よくわからないけれど、そういうことは世の中にある。あっても不思議はないと久里子は思うタイプだった。

ある程度、年を重ねたせいもあるのだろう。ちょっと冗談ぽく友人に話すと、

「ああ、それは春さんだね。ずっとそばにいてくれるんだよ」

案外あっさりとみんなが言うので、そうか、春さん、やっぱり私の体に入って来たのかと半分喜んでいたのだった。

けれど、今年に入って、ちょっとずつその「春さん」の大きさが増している。

そんな気がして心配になりかけたころ、ついには、先から血が出ているのを見ることになり、さすがにこれは、「春さん」だとばかり喜んでもいられない。

地元の皮膚科医院で診てもらうと、やはり乳腺科の専門医にかかったほうがいいと勧められた。

癌かも、といよいよ疑いつつ、亜土夢の将来も案じながら大学病院へ向かったのはまだ寒い時期だ。これで春さんのところに行くのかな、春さん、また会えるの？　でもどうしよう、と込み合った広い待合室で、ぼんやりと考えていた。やがてインターンの見学つきで、若い女医さんに診察してもらったところによれば、幸い悪性の腫瘍ではないようだったけれど、その日のうちに液体窒素で患部が除去されたので、それから久里子の胸に「春さん」はいなくなった。

現代医学の前には、夫婦の愛の奇跡なんて、簡単には起こりようもないのかもしれない。ただ、久里子は内心、あれはやっぱり亡き夫、春さんだったのではないか、この世に未練のある春さんがかたちを変え、自分の身に張りついたのではないかと思っていた。

そう考えるくらいはいいじゃないかと思い、せっかく現れたのに、じゅっと消されてしまった春さんのことを思っていた。

あのできものはお医者さんに焼き切られてしまったけれど、またべつのかたちで、いつかあの人に会える気がしていた。

う巻き玉子でちびりちびりやる間に、凪ちゃんのネイルの話をして、今日は来られなかったお義兄（にい）さんの話をして、亜土夢の学校の話と元彼女の話をした。

高校に入ってからも、亜土夢はさっそく友だちの紹介とかで、よその学校の女の子と仲良くなっていたけれど、わざわざ家まで連れて来たわりには、夏休みを待たずにあっさり別れてしまったようだった。

ギャル風の活発そうな子だったので、亜土夢が振り回されたのかもしれない。久里子はそんな話をそこで披露して、何度も息子に口をふさがれそうになった。

たっぷりと時間をかけて立派なお重が届くと、さっそく蒔絵（まきえ）の蓋（ふた）を開け、おう、と亜土夢が感動したように言った。

「来てよかったでしょ」

「まあね」

と亜土夢。つづいて肝吸いの蓋を慎重に開け、きれいなお箸を割った。

「春さーん、うなぎだよ」

久里子が夫の写真に向かって言うと、

「春生ー、あんた、そこから見てるといいよ」

お義姉（ねえ）さんは相変わらずからかう調子だった。

甘い香りを楽しみ、小さな匙（さじ）で山椒をぱらぱらと振り、さすが、という味のほくほくの蒲焼きをそれぞれが口に運ぶ。

うまいねえ、これ。おいしいねえ。生きてるっていいねえ、と心から言い合うと、やがてぽやーんとのんびりした声を出す凪ちゃんが、

「かわいそう、春生おじちゃん、死亡しちゃって」

と可愛く言ったので、久里子は小さくうなずいた。

やっぱり死んだらだめだ。死んだらこんなにおいしいものが食べられなくなる。

「なに死亡しちゃってんだかねえ、あのアホ」

死亡という語に反応した義姉が、じつの弟のことをアホと呼んで言ったので、

「ほんと、なに死亡してんのよ、春さん」

久里子も同じように言うと、本当においしいうなぎを思い切り、今はいない人のぶんも頬張った。

あの日、ちょっとだけ意地悪をしたんだよね、朝。

春さんに。

たいした喧嘩をしたわけでもなかったのに。

ごめんね。もう直接謝ることができなくなってしまったけれど。

こっそり食卓にうなぎを出して、仲直りをすることもできない。

なにもそんな日に死ななくたっていいのに。

でも、春さんはきっとわかってくれている。久里子はそう信じていた。

あれからもずっと、彼に話しかけているのだ。

「俺、つぎから行かないよ」

べつの路線をつかう義姉たちと改札で別れ、メトロのホームに階段で降りると、亜土夢がぶっきらぼうに言った。

中三で父親が他界したのに、よく勉強をして、第一志望校に入ったひそかに熱いハートの男だった。

「なんでよ」

「だって女の集まりじゃん」

「そうだけど。悪い？」

久里子は息子の真似（まね）をして口を尖らせた。悪い？　ともう一度言う。

「悪くはないけど。つまんねーもん」

「あっそう」

つまんないね、男の子も、と思ったけれど、言わずに歩く。アルコールのせいか少しバランスを崩し、咄嗟（とっさ）に肩につかまると、

「なに」

という顔で亜土夢はこちらを見たけれど、べつに避けたりはせず、そのまま立っていて

くれた。

春さんと暮らした十八年と十一ヵ月は、神様がくれた時間だろうかと久里子は考えていた。

第三章　季節のそば　春生（二）

1

交番から出て来た若い巡査が、横断歩道を渡り、春生の車が進む先の道路脇に立った。

嫌な予感。

どうも首を伸ばして、こちらの様子を窺（うかが）っているように見える。

「あれ、止められるんじゃないの」

助手席の亜土夢が、免許も持たないくせに的確なことを言った。

「やっぱり、お前もそう思う？」

春生は言うと、小さく舌打ちをした。やっちゃったか。あと少しで一年だから、それまではとにかく気をつけようと思っていたのに。

「今のライン、越しちゃいけなかったんだよ」

亜土夢が言う。

「だね。知ってるじゃん。なんで」

「ゲームとかで」

「へえ」

直進のつもりが左折レーンに入ってしまったので、慌てて戻ると、もう黄色い車線をまたいでいた。後続車まで間があったので、行ける、とつい判断したのだけれど、車線変更は禁止の区分だった。

交差点の向こうにある交番のお巡り(まわ)さんは、そこを見逃さなかったのだろう。赤信号で車が停(と)まっているあいだに、横断歩道を渡り、車の行く手側に先回りをしている。右折は出来ない交差点だった。信号が変われば、真(ま)っ直(す)ぐ警官のいるほうに進むしかない。

「切っておくか、音楽」

用意のいい春生は、信号待ちのあいだにそんな準備もした。息子好みの軽快なダンスミュージックがぷつりと切れて、車内が静かになった。

べつに軽微な交通違反も一切しないというわけでもない。単にこれまで運良く捕まらなかっただけ、とも言えるのだけれど、一応ずっと優良ドライバー、ゴールド免許だった。なのに去年更新してからは、一時停止を徐行で抜けようとして見つかり、まずは記念すべき初罰金。そしてその三ヵ月ほどあとには、今度は速度超過で反則切符を切られたのだった。

「次は一年間、点数が消えないから気をつけてください」

そのとき警察官に教わったから、前の違反点数がぎりぎり三ヵ月で消えていたことと、これからは一年間、スピード違反の点数が消えないで残ることを理解したのだった。今回の違反と合わせて、免許停止になるのかもしれない。

春生はなんとなく、そんなふうに覚悟をした。

やがて青信号に従って車をゆっくり直進させると、大きく手を挙げた制服の警官が、やはり止まるように指示を出した。遠目で見た予想より、もっと若そうな巡査だった。

「今、あちらの車線越しましたね？」

思った通りの違反を告げられ、春生は詫びて免許証を札入れから出した。子供を乗せているのに、また格好悪いことになったと思った。

もっとも高一の息子のほうは、警察とか交通法規とか、父親の失敗とかには興味津々の年頃なのかもしれない。車通りを避け、助手席側に立ってこちらへ話しかける警官にいろいろ取り次ぎながら、ずいぶん面白そうに、やり取りを聞いている。

この違反の点数は、一点だということだった。

今日、ホームセンターに行く用事がないか、声をかけてきたのは亜土夢のほうだった。

ふだんは春生がどこかへ誘っても、

「めんどくせ」

としか答えないくせに。自分の用があるときには、わざわざ近寄って来て、ついでがあるなら俺も一緒に行こうかな、といった顔つきをできるのだから、子供なんてちゃっかりしたものだ。

それともまだ決定的には嫌われていない、と喜ぶべきだろうか。もちろん息子がここで父親に求めているのは、車かお金、またはその両方ということだろうけれども。

「ホームセンター？　なんかあったかな」

春生は真面目に考えた。べつにもったいをつけたわけでもなかったのだけれど、脇で答えを待つ亜土夢が、明らかに鼻白んだような顔をしている。きっとこういうところが、おやじ面倒くせえ、と言われるゆえんなのだろう。こんなときには、行くか行かないか、素早く二択で答えればよいのかもしれない。春生は息子の顔を見てそう思った。「べつに行くのは構わないけど。なにか用あるの？」

「うん、ちょっと、買いたいものがあって」

「なに」

「スピーカーの」

「ああ」

春生はうなずいた。亜土夢は高校に入ってから電気系の工作に興味を持ったようで、この夏の間に、自作のスピーカーを完成させたいらしい。学校が休みに入ってすぐに資金援助を求められて、じゃあ設計図を見せるようにと条件を出したら、案外きちんとした図面を持って来たので、春生は予算の半分を援助、残り半分を貸し付けるというかたちで渡したのだった。

設計図はコピーなので持っていていい、と言われたから、久里子の仏壇に見せ、今もすぐ脇に置いてある。そのスピーカーの部品か、ボディに使う木でも必要なのだろう。あるいは塗料だとか。

「おやじも照明買ったらいいじゃん、いつまでも、ちかちかさせてないで」

自分の依頼だけで出かける、という状況をちょっとでもやわらげたいのかもしれない。息子はそんな余計な提案までした。

「あー、そうだな」

「前に買うって言ってたのいつ？　あれって母さんの一周忌の日？　もう三ヵ月近く前じゃん」

「そっか。もうそんなに経つのか。あの日はみんな来てくれたなあ。天気もよくて」

「いや、そういう話じゃなくて。照明のこと」

「わかってるって。まあ。そんなに不便でもないからな」

「けっ。嘘ついてる。母さんがやってるって思ってるくせに」

「思ってるよ」

春生は開き直って答えた。二人で使っていた和室の電気が、妻が他界したあとにちらつくようになったのだ。亡き妻の仕業だと、夫が信じてやらなくてどうするというのだろう。しかも蛍光管を新しいものに替えても、まだちらつくのだ。これはもう久里子の仕業に決まっていた。

もちろん部屋で見つけた小さな蜘蛛も、庭から迷い込んだモンシロチョウも、春生にとっては久里子だった。

少なくとも自分だけは、そう信じたいと思っていた。

「思ってるなら交換しなよ、信じてるなら」

「なんで?」

息子の挑戦的な物言いに、春生は訊いた。なんで信じているなら交換するのだろう。

「だって、器具まで交換してまだちかちかしたら、やっぱり母さんがやってるって信じられるだろ」

「いや、それはもう信じてるから、いいんだよ。べつに」

「結局こわいんじゃゃん。それ。交換して普通になっちゃうのが。こわいんでしょ、おやじは」

「うーん、そういうことでもないんだよね」

「いや、こわいんだって、絶対」

「こわくないよ」

　春生は余裕の笑みで応じた。それは本心だった。なにも世の中は、そんなふうにゼロか百かでできているわけではない。こうだからいる、とか、こうだからいない、とか。若い亜土夢にはまだわからないのかもしれないけれども。たとえ新しい照明具が無反応でも、不思議な力がすべて否定されるわけでもない。今のボロい照明なら、どうにかちかちかさせるくらいの力を持っているという場合だってあるだろう。「……まあ行こうか。行ってみて、いいのがあったら、俺も考えるから」

「絶対だよ」

「うん、わかった」

　そう約束して出て来たのだった。

　亜土夢はどうして久里子のことは母さんで、俺のことはおやじと呼ぶのだろう。春生は運転しながら、そんなどうでもいいことを考え、それでうっかり道を間違えそうになったのかもしれない。

　それともやっぱり、新しい照明器具を本心では買いたくなかったのか。どうせなら行ってみたいと亜土夢が提案した、オープン間もないホームセンターが、最近あまり走らない界隈（かいわい）にあったのも一因だったのだろう。

「では、あちらで進路変更の違反があったと認めますね」

若い巡査は交番に戻って書類を書き終えると、あらためて確認に訪れた。

「はい」

春生はうなずいた。

「でしたら、ここに」

特殊インキで中指の指紋を押し、ようやく反則切符をもらって解放された。

ホームセンターの駐車場までは、そこからわずかに車で二分ほどだった。

「もうちょっとだったんだな。残念」

春生は口惜（くちお）しく思った。前の違反点数が消える一年までも、おそらくあとひと月ほどだった。

「仕方ないよ。見つかったんだから」

「まあね」

これくらいの「運悪く」は、もちろん平和な話だろう。世の中には日々、運良くすり抜けていることがたくさんあって、勝手にセーフと信じていると、突然、アウトを突きつけられて狼狽（ろうばい）する。

春生は手頃な駐車スペースに器用に停め、サイドブレーキを引いた。

「悪かったな。おかしなことになって。時間は……まだ大丈夫か」

「うん。まだ全然平気」

「約束は何時？」

「いや。どっちにしろ、あとでメールすればいいだけだから」

夕方から友だちに会う予定があるという亜土夢は簡単に言った。

確かにいまどきは、お互いどこにいても連絡が取れるので、昔に比べて待ち合わせは楽だろう。そのぶん場所や時間の決め方も、ゆるく、適当になっているのかもしれない。

もっとも若いうちの待ち合わせなんて、いつだっていい加減だっただろうか。春生はそう思い直した。連絡もつかずに駅前で一時間待ちとか、二時間待ちとか。なのに自宅に電話すると相手がまだいたとか。二、三十年前には、そんなことばかりを繰り返していた。

春生は若い頃のデートで、予想外の遅刻やすれ違い、待ち合わせ場所の勘違いなんかで、なんども久里子と大喧嘩（おおげんか）になりかけたことを懐かしく思い出した。

2

翌日、会社に行くと、春生は部屋の大橋君にひとつ調べてもらった。

昨日の違反で、自分の免許が停止になるかどうかだ。

春生も家のパソコンで調べたけれど、本当にその結果で合っているのかどうか、いまひとつ自信が持てなかった。そもそも現場の警察官にも訊ねたのに、はっきりとした答えがもらえなかったのだ。助手席の亜土夢にあまり聞かれないよう、ちょうど運転席側に来たときを狙ってこそこそと質問したのだけれど、若い巡査は細かい点数の計算が苦手だったのか、しばらく手帳を見て悩んだあと、もしそうなるようだったら、あとでべつの連絡が行きますから、と言った。

「大丈夫みたいすよ」

モニターを見ながら、大柄な大橋君は言った。一応職場なので、直接的な言葉をむやみに使うことは避けてくれたみたいだ。免停、という不穏当な二文字は。「問題ないと思います」

「そう。大丈夫？」

「大丈夫です」

「よかった。ありがとう」

春生は安堵して言った。

本社ビルの六階奥にある、社史の編纂室だった。

広報部の分室という位置づけで、春生と大橋君のほか、女性二人と男性一人、あとは長く休職扱いの男性がもう一人所属している。来たる創業八十周年に向け、大がかりな社史を編纂するという目的で六年ほど前にできた部署だったけれど、その後の景気低迷と業績悪化もあって、当初の計画よりは、ずいぶん予算も規模も縮小されているようだった。

春生は去年、久里子の介護明けに配属されて、前任者の定年退職を受けて十月から室長になった。時間の都合のつけやすいのんびりした部署とはいえ、いよいよ再来年がその創業八十周年ともなれば、そろそろ具体的に、タイムテーブルの修正も必要になって来る。全然仕事のない、リストラのための部署というほど暇でもなかった。

気づくと十二時を過ぎていたので、大橋君を誘ってご飯を食べに出ることにした。

人数の少ない部署なので、あまり誰かを頻繁に誘うと年少者のほうが気づまりかもしれない。そう思って春生が声をかけないと、べつに彼らのほうからも誘いはなかった。結果、春生は普段、ひとり自由に昼食を食べることが多かったけれど、今日は頼み事のお礼をしようと誘ったのだった。女性二人は、いつもつるんでどこかへ行くらしい。もう一人の男性社員、小松（こまつ）さんにも一応声をかけたけれど、春生より年長のその人は、無言で首を横に振るだけだった。

「そばでいい？」

ふたりで出ることにして、大橋君に訊いた。

「はい」

「あ、場所じゃなくて」

「ああ、はい、わかってますよ。ジャパニーズ・ヌードル」

「そう」

「OKです」

　社員食堂ではなく、駅前ビルの中にある、広めのお蕎麦屋さんへ向かった。ちょっと値段設定が高いせいもあって、ランチどきでも、滅多に満員になることはない。やはり待たずに窓際の広い席に通され、春生は季節の変わり蕎麦を、汗まみれの大橋君は鴨せいろを注文した。

「なんかねえ、罠っぽいところだったんだよ。もちろん俺が悪いんだけどさ」

　春生はおしぼりで丁寧に手を拭きながら、あらためて交通違反の話をした。亜土夢相手には、あまり愚痴っぽくならないよう気をつけていたから、こちらのほうが本音だった。

「そこが左折専用レーンだってわかったのが、もう黄色いラインになってからでさ。もっと前に指示があったのを、俺がうっかり見落としたんだなって思ってたんだけど、帰りに見たら、なんの予告もないんだよな。その表示まで。しばらく路面が工事したあとみたいになってて」

「ああ、それじゃあわかんないっすね」

なだめるように大橋君が相づちを打った。穏やかな人柄で、ちゃんと仕事もできると春生は見ていたけれど、三十代後半で、独身。グラビアアイドル好き。イベントだか撮影会だかの副業まがいの主催者もしているようだったから、会社にかける情熱はそれほどでもないのだろう。そのぶん、残業を断ることと有給休暇を消化することにかけてはしっかりしている部下だった。

「だって見えないよな。先の路面なんて」

春生は昨日の道を、苦々しく思い出して言った。「俺、ちょうどバスのうしろについちゃってたし。まあ、無理しないで、そのまま左折すればよかったんだろうけどね。でも咄嗟に直進レーンに戻ろうとしちゃうもんな」

「そうっすねえ。警官はそういうところばっかり狙ってますからねえ」

「そう。そうなんだよ。俺が切符切られてる間も、交番の他の警察官、何人も背伸びして、ずっとそっちのほう見てたよ」

「ありますね。それ。うちの近くも警官が五人ぐらい、ずっと待ってるポイントありますもん」

「罰金かせぎか。仕方ないな」

春生は小さく首を横に振った。春生自身も、昨日の違反で六千円の反則金を支払う必要があった。納付書は、上着の内ポケット、長財布の中にちゃんと入っている。「そういうのって、夢のある若い巡査のやることかね。いや、自信を持って取り締まっているならいいんだけど。ノルマみたいのがあるとね」

「うーん、そうっすね」

「魂が汚れるんじゃないかね。ま、捕まってから言うと説得力がないんだけどね」

「確かに」

と大橋君も笑った。

季節もののしそ切りのほうが先にテーブルに届き、涼しげな細い蕎麦に春生は目を細めた。もともとしそ切りやゆず切りといった変わり蕎麦の味わいは、自分よりも妻の久里子の好みだった。けれど、二十年近く一緒に暮らすうちに、春生も好むようになった。妻が他界してからは、なお好きになっているかもしれない。

「あ、先に食べててくださいよ。どうぞどうぞ」

と大橋君は言ったけれど、一応うなずいて、蕎麦の香りを少しかいだり、のんびり薬味をつゆに入れたりして待つ。そのうちに彼の鴨せいろも届いたので、よし、食べよう、と春生は強く言った。

体格のいい大橋君が、ずばばっと蕎麦を吸い上げる。

「でもワイルドなんすね、免停寸前って」

「五十にもなってなあ」

自嘲(じちょう)ぎみに春生は言う。言うほど自分では高齢とは思わなかったけれど、二十代や三十代のとき、五十歳くらいの人間をどう見ていたかを思い出せば、望まれる位置や態度といったものはだいたいわかる気がした。

「高速はオービスですか。前の、スピード違反のときは」

「ううん、覆面パトカーに」

「追っかけられました？」

「いや、もう、すぐ停められて。……高速じゃなくて専用道路な。自動車専用道路」

「ああ、はい。加部さん、細かいっすね」

大橋君が言い、小さく笑った。

春生がスピード違反でつかまったのは、去年の九月だった。

自動車専用道路の追い越し車線で、うしろについた覆面パトカーに速度を測られたのだった。日曜午後のわりと空いている時間帯だったせいもあって、春生は必要以上にアクセルを強く踏み込んだのだけれど、そこをしっかり見つけられたのだった。

もっともすぐには気づかず、自発的にスピードをゆるめ、ライトをパッシングしたみたいに一瞬、きらっ、と前部を光らせた不審な後続車に道を譲ろうと、真ん中の車線に戻ったところで、覆面パトカーが覆面を脱いだ。いきなりサイレンを点灯させ、スピーカーでなにごとかわめきながら加速して来た車の指示に従い、春生はこわごわ路肩へ寄せることになった。

「だいぶ出てましたね」

「すみません」

「追い越し……でしたか」

「……はい」

「追い越しのためにスピードが出てしまうのはわかるんですが、やはり気をつけていただかないと」

「すみません」

「三〇キロオーバーですね」

「ああ、そんなに」

「三〇キロだと、ちょっと反則金も高いですよ」

「はい。すみません」

事故防止のためなのか、パトカーに乗せられてのやり取りだった。人生初パトカー。すみません、ごめんなさい、と低姿勢な春生に、交通パトロールの警察官のほうが、どこかやりづらそうにしていた。

昨日ホームセンターの手前で取られた違反の点数一は、そのときのスピード違反の三点と合わせて、あと一年消えないらしい。大橋君の調べではそういうことだった。もう少しで消えるはずだった三点も、新しい違反が追加されたことで、カウントのやり直しになった。

計四点。

六点になると免許が停止ということだったから、これから一年は、今まで以上に注意が必要になるだろう。もちろん運転中は、いつだって注意をしなくてはいけないのだけれど。

昼食を済ませると、春生は大橋君を喫茶店に誘った。

よくあるシアトル系のカフェがあまり得意ではなかったので、昔ながらの喫茶店でミルク入りのコーヒーを飲む。そのお店を出てから会社へ戻る大橋君と別れ、春生は郵便局を目指した。

3

春生には子供のころ、急坂を毎日自転車で下っていた記憶がある。

線路沿いにある細い坂だった。私鉄のすぐ脇を通る道が、途中から、陸橋を目指して斜めに上がって行く。当時、小学四年だった春生が、まだ小さな自転車を漕いで、きつい坂をどうにか降りずに、足を地面に着かずに登って行くと、

「よお、坊主、がんばるねえ」

「あら、すごい」

「あと少しだぞ」

「がんばれー、がんばれー」

徒歩の大人たちから、よく声をかけられた。春生はそれらの声にはほとんど興味を示さず、ひたすら歯をくいしばって自転車を漕ぐ。そしてようやく登りきると、ひとつかふたつ息を整え、自転車の向きを変えて、今度は一気に坂を下るのだった。

こわがりで泣き虫の春生にしてはめずらしく、体重を前にかけ、ノーブレーキで。

「あれれれ、どうした、坊主」

「忘れ物？」

「あら。もったいない」

「気をつけなさい」

さっきまで激励一色だった周囲の声は、途端に呆れた様子のものに変わるのだったけれど、実際のところ、春生にとってそれはどうでもよかった。ハンドルを強く握るのと、自転車の加速を味わうのに精一杯で、大人の注意めいた声なんかに耳を貸している余裕はなかった。

笠谷、金野、青地。

少し前に冬季オリンピックで活躍したスキージャンプの日の丸飛行隊のように、春生は、ひゅう、と坂を下って行く。さすがにその先にジャンプの踏切台はなかったけれど、そんなふうに坂道を暴走して来る子供の自転車は、周りにどれだけ迷惑をかけ、こわい思いをさせていたのだろう。

その坂道にいるのは、歩行者や同じ自転車ばかりではなかった。あちらから来た乗用車が待避してくれることもしょっちゅうだったし、

「あぶねえなっ」

と怒鳴られるのは、もはや見せ場の掛け声みたいなものだった。

あれはたまたま怪我（けが）をしなかった、というだけのことだろう。

あるいは人を怪我させなかった、というだけの。

ともあれそのひとり遊びは、学校の友だちにも秘密のわりに、周囲やご近所の人にとにかく目立つ。ほどなく母親の知るところとなり、

「やめなさい。今限りで、絶対にやめなさい」

春生が自転車で帰宅しようとすると、見かけた誰かにでも聞いたのだろう、すぐ近くまで来ていた母親に、耳を引っ張られ、頭をはたかれた。「わかってる？　事故に遭ったら、あんたが一生後悔すんのよ。ううん、後悔もできないから。あんた、死ぬからね」

「死」

「そう、死。こわいよお、死んだらねえ、真っ暗でなにもないんだから。お花畑があるなんて、あれは嘘だから。ただの真っ暗闇（くらやみ）。だからやめて」

はじめは脅しに近い剣幕だったけれど、最後は懇願するような調子になっている。春生

が黙っていると、

「わかったの？」

また少し怖い声になり、さらに耳を引っ張ろうとしたから、

「わかった。もうしない」

春生は言い、どうにかまたがっていた自転車を降りた。あちらの陸橋をくぐり抜けて、夕方の私鉄電車がごおごおおおと走って来た。

「約束だからね」

「……うん」

うなずくと春生の胸には、いろんな感情が一気に襲って来た。

「泣かなくてもいいから」

母親に指摘されると、いよいよ我慢不能。春生は声を上げ、思い切り泣いた。

「なんで泣くの」

困惑した様子の母親は、それでもやさしく頭をなでてくれた。「早く帰ってごはん食べようね。お姉ちゃんも待ってるから」

「うん」

「お魚焼くから」

「うん。……お父ちゃん、そこにいるの？」

「お父ちゃん？　どこに？」

「なにもない、暗いところ」

想像して春生がまた泣くと、母親は即座に否定するわけにもいかなかったのだろう。

「それは……」

と言ったきり、しばらく黙っていた。

そのあとどう説明されたのかは、まったく覚えていない。

たぶんうやむやにされたか、子供だましのきれいごとの答えをもらったのではなかっただろうか。


「番号札、三〇五番をお持ちの方」

ゆうちょ銀行、という名前になっている郵便局の金融窓口で、春生はずいぶん待たされて反則金を支払った。

さらにお釣りを受け取るのに、また呼ぶので待っていろと言う。なんて面倒な、と半分呆れつつ、静かにうなずいて四千円のお釣りを待つことにした。こういうこまごましたことを、つい久里子まかせにすることが多くなかっただろうか。さっきまで座っていた席は、もう誰かに取られていた。

ゆるい冷房で蒸し暑いのに、午後の用事で人がごった返している。それとも人が多くて、こんなに蒸し暑いのか。

数分待って、ようやくまた呼ばれた。

春生はカウンターに行き、お釣りと納付書の控えを受け取ると、窓口の女性に簡単なお礼を言った。

これで昨日の違反に関して、ひとまずできることは終わったはずだった。

ほっとした、というのは大げさだけれど、やはり軽くなった気分で出口へ向かうと、ちょっとした記入用の台の脇に、記念切手のシートがいくつも貼ってあるのが目に入った。

販促用の見本なのだろう。足を止めて、ゆっくりその絵柄を眺めた。春生もよく知っているような、古い漫画の絵がついたシリーズだった。筆まめな久里子はこういった記念切手をよく購入して、友人知人に季節の便りを出していたらしい。

「くーちゃんのハガキはね、いつも、切手も全部可愛いの」

亡くなったあと、久里子の親友が教えてくれた。

正直、妻が他界するまで、春生はそんなことは知らなかった。というか、考えたこともなかった。もちろん春生の代理として、会社関係の人へのお祝い、お礼状の類をしっかり出してくれていたのは知っていたけれど、切手を買い集めて、そのときどきに相応しい一枚を選ぶような心配りをするというのは、これまでの春生の人生には、ない発想だった。

絵はがきや便せん、封筒の柄に久里子なりのこだわりがあるのだろうな、と想像するのが春生の精一杯だった。

　久里子はどんな気持ちで、いつも切手を選んでいたのだろう。やっぱり相手の喜ぶ顔を思い浮かべていたのだろうか。

　もし気づいていたら、家でそのことをもっと楽しく話せたのに。

「加部さん」

　うしろから女の人に呼ばれ、春生は慌てて涙を拭った。振り返ると、秘書課の女性、三浦さんが立っている。

　下の名前は真穂だったか、菜穂だったか。若い、と春生だったら形容するけれど、大橋君はそう言わないだろう。たしか三十代半ばくらいだ。役員担当の秘書だった。

「ああ、こんにちは、久しぶり。用事ですか」

　春生は言った。ばりばりと上を目指して仕事をしていた頃には、ほぼ毎日、役員室のあるフロアに用があったのでよく顔を合わせていたけれど、異動後は滅多に会わなくなった。

「はい、切手を買いに」

　サテンのような、てろてろのブラウスを着た三浦さんは、口を横に広げ、きれいな歯を見せて笑った。経営陣の好みなのか、秘書課にいる女性はおおむねダイナミックな美人が揃っていたけれど、目鼻立ちのはっきりした三浦さんも、確実にその一人だった。

「へえ。そういう仕事もあるの？」

「記念切手を。頼まれ物です」

三浦さんは手にした白いビニール袋をひらひらとさせ、それから春生の見ていた見本のシートを指さした。それを買った、というのだろう。役員のプライベート用の買い物だろうか。子供とか、孫に頼まれたとか。少しそういう口ぶりだった。

「ついでに自分のぶんも買っちゃいました」

「へえ」

秘書にしては、細かいことを部外者にしゃべりすぎのようにも思えたけれど、春生に対して、ある程度の親しみを覚えてくれているのだろう。役員の無茶な要求に、頭を抱えていた頃を知っているからなのかもしれない。

「加部さんも買われるんですか」

「俺はべつに」

「でも熱心に見られてましたよ」

「ああ、女房が好きだったんで、切手」

そんなことを知りもしなかったのに春生が言うと、

「奥様が。そうですか」

わざわざお通夜にも来てくれた三浦さんは切なげな声を出した。眉(まゆ)をハの字にして、表情でなにかを訴えている。同情なのか哀れみなのか。それともそんな話題になってしまったことへのお詫びなのか困惑なのか。

つづく言葉もすぐにはなさそうだったので、

「じゃあ」

と春生が手を挙げると、

「あの……どちらか行かれるところですか」

三浦さんが慌てたように言った。

「いや、会社に戻るけど」

「じゃあ、ご一緒します」

真っ直ぐな黒のロングヘアを揺らして三浦さんは言い、麻混のスーツをきちんと着た春生と並んで歩きはじめた。

そろそろ残暑見舞いも終わりの時季なのに、外に出ると午後の日が真っ直ぐに照りつけていた。三浦さんは日焼けが気にならないのだろうか。顔を上げて堂々と胸を張って歩いている。

ビルとビルの間の広場で、被災地支援の物産展をやっていた。

ちょっと覗いてみたい気分になり、やっぱりここで、と言いかけると、三浦さんが久里子の切手趣味について質問して来たので、気を取られるうちに行き過ぎてしまった。

「本当はよく知らなくて。亡くなってから女房の親友が教えてくれたんだよね、切手のこと」

「そうなんですか」

「二十年も一緒に住んでたのにね」

つい年数を多めに言う。

「二十年」

と三浦さんが感心したようにくり返した。

三浦さんとは、それからも妻亡き後の家について、愚痴にならない程度に話して歩いた。家の話、という時点でもう愚痴っぽいのかもしれないけれども。

一学期は息子のお弁当を作っていたという話にずいぶん感心してもらい、

「そう？　普通だと思うけど。俺、結構料理うまいし」

春生が打ち解けた口調で自慢したところで本社ビルについた。さすがにちょっと調子に乗りすぎたかもしれない。

「ごめんね、つまらない話ばっかりして」

軽く頭を下げ、守衛さんにも会釈をし、そのままエレベーターへ向かおうとすると、

「あ、ちょっと待ってください」

三浦さんは言い、小走りに受付へと向かった。友だちらしい受付の女性になにかを頼ん

でいる、と思って見ていると、どうやらハサミを借りているようだった。そして白いビニール袋から切手のシートを出して、一角を切り、残りをまた袋に戻した。

「奥様に。ハダカですみません」

小走りで戻った彼女は、漫画の絵入りの切手四枚、シートの切れ端つきのものを力強く差し出した。奥様に、という言葉と気持ちだけで、春生の胸はいっぱいになった。

「いいのに。自分のぶんでしょ」

「大丈夫です、どうせ使うやつですから」

「じゃあお金を払うよ」

「いいえ、奥様にですから」

「ありがとう。久里子もよろこぶよ」

春生は素直に受け取ることにした。

4

定時で仕事を上がると、春生はいち早く会社を出た。

部下が帰り易いようにとの思いも少しあったけれど、特別に用がなければ、あとは家にもたっぷりとすることがある。

さっき素通りした物産展の会場を覗くと、ずいぶん盛況だったのか、ほとんどのお店はもう品を売り切って後片付けをしていた。お昼には見えた、山のような野菜や果物もなくなっている。五キロほどのお米の袋があったけれど、さすがに持って帰るのは大変そうだったから、かわりにレンジで加熱するご飯パックをいくつか買った。食事はできるかぎり家で作るようにしていたけれど、腹減り高校生の息子を持つ身だ。やはりレトルトのカレーやカップ麺（めん）は常備してある。ご飯のパックも必需品だった。

駅で確かめると、亜土夢からメールが届いていた。

友だちと遊びに行く、晩ご飯はいらない、と。

なんだ、そんなこと。

もっと早くに言えばいいのに。

昔、久里子が怒っていたようなことを春生は思い、そんなことを思っている自分に少し笑った。春生はどちらかと言えば、普段帰宅が遅いくせに、急に帰って食事をしたがるタイプだったから、慌てて作らされることに久里子は不満をもらしたのだった。

「一本電話をくれたら、ちゃんと準備しておくのに」

「大丈夫、簡単なのでいいから」

言うわりにがっつり食べる春生を理解してくれている久里子は、いつも大至急でご飯を炊き、きちんとおかずの品数を用意してくれた。

そういうことのいちいちが、妻の自分へのアシストだったなと今ごろになってあらためて思う。

駅ナカで夕食を済ませようか、駅弁でも買って帰ろうか、それとも帰ってなにか作ろうか。考えながらコンコースを歩き、結局はタイミングよく電車が来そうなホームを目指し、下りの長いエスカレーターに乗った。あまりに長くて、ちょっとめまいがする。

でも大丈夫。

今日もとりあえず、具合は悪くならないだろう。

これまでもあぶないと思ったことはいろいろあったけれど、結果として、だいたいセーフだった。学生のときも、社会人になってからも。プライベートなことも、仕事上のことも。

父親を早くに亡くしてからは、もうあまり悪いことが起きないよう、神様がちゃんと見ていて、上手(うま)くバランスを取ってくれているのではないか。

特に信心深いわけでもないのに春生はなんとなくそんなふうに思っていたのだけれど、もちろんそんな思い込みにずっと付き合ってくれるほど、世の中は親切でも平和でもなかった。たとえどう考え、どう信じていても、やっぱり無情にもアウトになるときがある。

しかも決定的なアウトに。

久里子の病気のことがあってから、春生はあらためて、はっきりとそのことを意識するようになった。

「あー。ＩＫＥＡでおかいものしたい。あのでっかいカートいっぱいに。春さんのへそくりカードつかって」

入院中の久里子は、一度そんなことを言った。スウェーデンから県下に出店してきたあの手頃な大型家具屋さんには、出来てすぐに亜土夢と三人で行った。それから春生自身はあまり一緒に行けなかったけれど、久里子は友だちや亜土夢とよく利用していたらしい。中にレストラン＆カフェやビストロもあったから、買い物ついでにそこでお茶を飲んだり、軽食を取ったり、とか。

「いいねえ、行くか。ＩＫＥＡ」

「いけないいじゃない」

「なんで。行けるさ」

「たぶんわたしはもういけないから。かわりにあなたがいって、いろいろかってきて。おねがい、これからは春さんが、いえをきれいにして」

「そんなこと言うなよ」

手を握り、頬（ほお）を寄せて久里子とは話していた。あのとき先に頬を濡（ぬ）らしたのは、春生自身の涙だったか。それとも久里子のものだったのか。

自動車専用道路のインターから見えるあの青と黄色の建物に、春生はあれからまだ行っていない。

実際は一度向かったのだけれど、あまりに心がざわついて行き先を変更した。出口から遠ざかるように、追い越し車線へ入ったのは、まだ妻が他界して四ヵ月も経たない日曜日の午後だ。亜土夢を連れて来なくてよかったと思い、久里子ーっ、久里子ーっ、と叫んでアクセルを強く踏み込んで、結果、覆面パトカーのお世話になったのだった。

すぐに自分でスピードを落としたとはいえ、やはりあれは車を運転する者の精神状態ではなかっただろう。だから捕まったあとも、春生は警察官に引き留めてもらった気がして、何度も謝ってばかりいた。

あれはこの世へ久里子を呼び戻そうとしたのか。

それとも自分が久里子のもとへ行こうとしたのか。

代わることができるなら代わりたい、と春生は病院で何度も思ったし、正直、それは今でも思う。

もちろん久里子の代わりに自分が病気になっていれば、いずれ同じように別れは訪れただろう。でも、それでもいいから、と思う。もう自分が会えなくなってもいいから、それは我慢するから、久里子には元気で生きていてもらいたいと思う。

家に帰ると、ダイニングテーブルの上に、郵便物がまとめて置いてあった。

昼間のうちに亜土夢が取っておいてくれたのだろう。スピーカー作りの資金援助もしているし、夏休みはいろいろと手伝いをするように言ってある。今年飼い始めたメダカの世話も、亜土夢の仕事だった。親としては不満な点もあったけれど、文句を言いながらもあれこれやっているところを見ると、高校生にしては十分にいい息子なのだろう。

春生宛の株式取引通知や総会の案内なんかに混じって、久里子宛のダイレクトメールがずいぶん届いている。デパートや化粧品、グルメ通販のものなんかだ。以前、亜土夢がそれらを無造作にゴミ箱に捨てているのを見て、春生は驚き、せめて一回母さんに見せてからにしなさい、と叱ったことがあった。

「なんで」

息子は不満そうだったけれど、春生の涙目に呆れたのか、

「じゃあ、おやじが勝手に見せなよ。俺は郵便受けから取る以外、これから一切触れないから」

と宣言した。

その約束通り、春生は久里子宛のDMをより分けて、仏壇に届けることにした。

和室の電気をつけると、相変わらずちかちか、ちかちかとちらついて出迎えてくれる。

昨日ホームセンターで節電型のシンプルな天井ライトを買って来たのだけれど、亜土夢を最寄り駅に送り、ひとりで帰宅したのをいいことに、箱を部屋の隅に置いたまま交換しないでいた。

べつにあわてる必要はないだろう。いつか気が向いたら取り替えればいい。

「ただいまー」

天井と仏壇に、あるいは部屋の空気全体にあらためて帰宅の挨拶をした。

「はい、これ、久里子に手紙」

お盆のかざりをまだ残してある仏壇にDMを置き、手際よくマッチを擦った。ロウソクに火をつけ、線香をかざし、立て、お鈴を鳴らす。

ちーん、と。

「そうだ」

春生は思い出して、居間に通勤用の鞄を取りに立った。

秘書課の三浦さんにもらった切手をそこから出して、すぐ戻り、仏壇にお供えする。

「これ、キミに、って。三浦さんから。久しぶりに声かけられてびっくりしたよ。なんかねえ、いいにおいすんだよ。ディオールかな、あれ。わかんないけど」

わざと艶めいた話をして、天井をちらっと見た。今日ははじめのうちだけしばらく、ちかちか、ちかちか、したあと、ぱちっと点灯してからは、とりあえず落ち着いている。

なんだ、つまらないな。

「いいの？　俺、浮気しちゃうよ」

春生はいたずらっぽく口にすると、また天井を見た。たまたまそういうタイミングだったのか、蛍光灯が一瞬ちらついたので嬉しくなった。

「久里子ぉ、嘘だよ。やきもちやくなよ」

そうやって亡き妻に話しかけることを、もちろん若い息子は、いつもだいぶ冷たく見ていた。今だって、もし見られたら、
　きもい。

　うざい。

しつこい。

基本三つの言葉で罵られそうだった。しかも会社のOLの話かよ、きもすぎるよ、ノーチャンスのくせに、とか、生意気を言うのかもしれない。あるいは、いよいよ強制的に、天井のライトを取り替えられてしまうだろうか。

「帰って来いよ、久里子。なあ、亜土夢とふたりは味気ないよ、あいつ、いいやつなんだけど、話すことが少ないよ」

一体どこまでを実際に口に出しているのか、自分でもよくわからない気もしたけれど、いずれにしろ話しかけている相手は亡き妻なのだから、どちらでも同じようなものだろう。

春生はまた、ちーんとお鈴を鳴らすと、ゆっくり立ち上がった。スーツを脱ぎ、丁寧にハンガーにかけた。

それからキッチンへ行き、簡単なつまみとお酒の支度をする。今日は亜土夢がいないか

ら、和室で飲もう。
和室でちびり、ちびり、久里子とお酒を飲もうと思っていた。

第四章　浅草参り　久里子（二）

1

久里子は亡き夫の夢を見て目を覚ました。

夫。

春さんと一緒に、お酒を飲む夢だった。バーボンが好きな彼と、主に甘いお酒を少々たしなむ程度の自分にしては、めずらしく熱燗をちびりちびり、と。

場所はたぶん、なじみの和食ダイニングのお店だった。見覚えのある四角い黒テーブルにふたりで向かって、肴は久里子の大好物、できたてのチキン南蛮がちょうど届いたところだった。ごつくて大きな和皿の上、表面のかりりと揚がった肉厚の鶏には、刻んだ野沢菜を混ぜ込んだ、たっぷりのタルタルソースがかかっている。

「あー、おいしそう。だった」

久里子は目を覚ましてまずそのことを思い（届いたチキン南蛮に歓喜の声を上げ、夫と自分の小皿に取り分け、いよいよ口に入れる寸前に目が覚めてしまった）、それから二秒ほど遅れて、春さんだ、春さんと一緒だった、と嬉しく思った。

ありがとう、春さん。

夢に出て来てくれて。

にんまり微笑むと、目尻のあたりにだけ、ぽつんと小さな湿り気を感じる。

その湿り気の小ささに、久里子はふとさびしさを覚えた。

楽しい夢だったからいいようなものだけれど、やはりこうやって、どんどん平気になってしまうのだろうか。今年の初夏くらいまでは、夫の夢を見ると、もっと強く心を揺さぶられたのに。

内容が楽しいとか悲しいとかに関係なく、そこに春さんがいる、春さんがいた、というだけで、こらえきれないなにかが全身を貫くのだった。夢で再会したあとには、しばらく体がしびれ、そのまま布団の上で動けなくなった。もっとひどいときには、眠ったままでわーわーと泣き、自分のその声に驚いて目を覚ました。

もっとも実際に声が出ていたかどうか、単にそんな気がしただけなのかどうかは、他でもない、側にいてそれを判定してくれる夫がいなくなった身では、はっきりとわからなかったけれども。

ただ、たっぷりと泣いたあとに違いないのは、べちゃべちゃに濡れた頬がいつも教えてくれた。子供のときだって、こんなにひどい泣き方をしたことはない。指先で頬に触れた久里子は、何度もそう思った。

でも九月に入って、今日はこうして微笑んでいられる。

さすがにお別れして一年数ヵ月も過ぎて、徐々に免疫……余裕のようなものができてきたのだろうか。夫がここにいないことに、そろそろ馴れはじめているのかもしれない。

体か。

心か。

その両方かはわからないけれども。

「でも、チキン南蛮に負けるなんてねえ。春さん、ごめんね」

久里子は今度は可笑しくなって、ひとりごちた。あるいはそうやって、無理にでも心の中のさびしさを紛らわそうとしたのか。

春さんのいないことに馴れてしまう。

それは久里子にとって、まだ知らない、新しいさびしさには違いなかった。

よし、と薄い掛け布団をはねのけて起き出すと、手早く、いつもの朝の支度をはじめた。着替え、お手洗いに立ち、居間のカーテンを開け、お湯を沸かす。

「いつまでも夏休みの気分でいたらダメでしょ」

高一の息子を叱りながら起こし、朝ご飯を食べさせる。お仏壇にも新しいお水とご飯、温かいほうじ茶と朝のおかずを少々届ける。合わせた手の左側の薬指には、以前と変わらないプラチナのマリッジリングが、今日もはめられている。

春さんの指輪はビロード張りのケースにおさめ、ローチェストの上、彼の小物入れにきちんとしまってあった。

出して仏壇に置くのは、きっと次の結婚記念日だろう。今年もそうやって、六月の夫婦の記念日を迎えたのだった。

「今日、帰りは夜になっちゃうかもしれないからね。もしお腹すいたら、カレーあたためて食べてて」

居間に戻って息子に言うと、

「なんで。出かけるの？」

寝ぼけ顔の亜土夢が不思議そうに言った。昨日、夕食のときも話したつもりだったけれど、やっぱり全然聞いていなかったらしい。

「ほら、孝美……山科さんのところで塾のお手伝い。S小の。PTAのときの友だち」

「ああ……はいはい……」

亜土夢は、わりとおじさんくさい反応をした。見た目は可愛らしくてモテるようなのに、毎回彼女と長続きしないのは、そういうがっかりな内面が、すぐに透けて見えるからではないだろうか。前回の大柄な子と別れてふた月ほど、新学期早々、また彼女ができたそうだけれど、今度は果たしていつまでつづくことか。

久里子はそんな余計なことまで心配しながら、

「わかった？」

と息子に念を押した。

「……うん」

「それかデート？　今日」

「べつに」

「じゃあお願いね。一応留守だから、遊んでないでちゃんと帰ってね」

言って食卓の脇を抜け、キッチンへ向かおうとすると、

「ねえ……友だちって、そういう年になっても言うの？」

息子がもそもそっと言った。口の中のご飯を、ちょうど飲み込んだところなのかもしれない。

「なに？　友だちがなにを言うかって？」

「じゃなくて、友だちっていう言い方自体。その年になっても、まだ言うんだ、友だちって」

「なにがその年よ、失礼な」

とっさに文句を言ったけれど、まあ、そういう年だろうかと久里子は思い直した。四十代後半から五十歳前後でも、魅力的な人は大勢いる、ずいぶん若く見える人も、というのは、その年齢に近くなってようやく気づくことなのかもしれない。身びいき、というか、同世代びいき、というか、あるいは目の慣れとか。目のかすみとか。「友だちじゃおかしい？　なんで？　友だちは友だちでしょ」

「なんかきもい」

「こら。きもいってすぐ言う」

「あ、はい。ごめん」

素直に謝ったから、その件はよしとしよう。

きもい、と反射的に口にすることを、よく注意したのは生前の春さんだった。それはどちらかと言えば、やんわりといった印象の注意だったのだけれど、

「だって、きもいから」

さらに言い返した息子に、

「あのな、自分の一瞬の感情で人を深く傷つけるかもしれない、そういう暴力的な言葉だっていうことは、せめてちゃんとわかってから使わないといけない。で、今、お前にその覚悟はあったか？」

と妙に理屈っぽく諭したことが一度あって、そのときのすらすらと流れるような口ぶり

を、久里子は不思議とよく覚えていた。あれは聞きようによっては、ちょっと恐ろしげな忠告でもあったし。ごめん、と今謝った亜土夢も、その同じ記憶を蘇らせたのかもしれない。

ありがとう、春さん。助かる。

春さんのお説教が、今になってじわじわ効いて来てるみたいだよ。

久里子はひとまず満足してキッチンへ行き、息子のお弁当の支度をした。

2

「先生バイバーイ」

「またねー」

十名ほどの児童のうち、最後まで残っていた女子二人組を送り出すと、久里子はほっとひと息をついた。帰り際、多くの子供たちが急にぎゃんぎゃん騒いで行ったけれど、その声が、耳の中でまだしつこく響いている気がする。

「お疲れ様でした」

二十代半ばの大学院生、藤岡先生が、ホワイトボードの計算式を手早く消して、さっと引き揚げていく。久里子も机と椅子に大きな乱れと、子供たちの忘れ物がないのを確かめると、教室の電気とエアコンを消し、つづいて奥の事務室兼支度部屋に戻った。

友だちでこの塾の経営者、山科孝美が陽気に出迎えてくれる。

「どうだった、くーちゃん。もう慣れたでしょ」

「なんで？　今日がはじめてなのに」

久里子は友人の意外なコメントに小さく笑い、どんぐりちゃん、と子供の頃、親戚の年寄りに呼ばれていた大きな丸い目を向けた。夏休み中に二回、見学がてら指導の手伝いに来たことはあったけれど、二学期に入り、レギュラーの教室を受け持つのはこれがはじめてだった。

「だって、もう三回目じゃない。余裕でしょう」

孝美は可笑しそうに言う。やはりその「見学がてら」を、しっかり回数に含めているみたいだった。

塾の先生なんて自分にはできない、教員免許は昔取っただけで、今になって教えられる知識なんてなにもないよ、と何度も固辞した久里子に対して、平気平気、ちょっと手伝ってくれればいいの、大丈夫、としぶとく勧めてくれただけあって、彼女の中では、久里子が小学生を教えるということに、そもそも失敗のイメージはほとんどなかったのかもしれない。

「難しく考えなくてもいいって」

「試し、試し」

「補習のお手伝いって、算数のドリルとか、国語の読み書きとか、それくらいのこと。小学生のクラスで、もう一人メインの先生はいるんだし」

「子供たちはみんな自分の進み方で勉強してるから、あとは個別の質問に答えてほしいの。学校の宿題とかで、わかんないところを訊いてくるから」

「まずはバイト感覚で、気軽に。って、本当にアルバイト代しか払えないから、その点は逆に心配しないでほしいんだけど」

「もしどうしても向いてないって思ったら、事務だけでも手伝ってほしいし。それで向いてるってわかったら、もっとバリバリ働こうよ」

そんなふうに何ヵ月も熱心に口説かれて、ようやくおそるおそる（しかもまだ試しで）引き受けた久里子は、孝美の言葉によれば「無駄に慎重」ということになるらしい。

一方、久里子にしてみれば、自分より六つ若くて、事業家の顔も持つ彼女は、「陽気だけれど突っ走りやすいタイプ」に思えなくもない。または「やけにポジティブ」とか。「友人を買いかぶりすぎ」とか。

とはいえ夫が急逝したあと、身の回りのことをあれこれ心配してくれた彼女が、今年の春からそこまで熱心に勧めてくれるようになったのは、そろそろ久里子に仕事をさせようと思ってのことなのだろう。久里子自身、ちょうど外に出ようと考えて、人に相談をはじめていたタイミングだったし。

しかも孝美はそういった配慮や思惑をおくびにも出さず、

「ねえ、うちの塾で甥っ子が先生やってるんだけど、頼りないところがあるんだよねえ。よかったら手伝ってやってくれないかなあ」

まずそんなふうに話を持ちかけてくれたのだから、よほど久里子が引き受けやすいようにと気づかってのことだったのだろう。あらためて考えるまでもなく、それはずいぶんありがたい友情だった。

ポジティブで友だち思いな孝美は、流しの前に立ち、デロンギのメーカーでいれたコーヒーをマグカップに注いでいる。

「甘くて、ミルクたっぷりでいい？」

訊かれ、うん、いいよ、ありがとう、と久里子は答えた。藤岡先生にも、孝美は同じ質問をしている。

孝美が最初の誘いで、「頼りない甥っ子」と言ったのは他でもない彼のことだったけれど（夫の姉の子供、といった関係らしい）、ひょろっと背が高く、初対面こそ覇気がないように思えた彼も、教室での様子を知れば、単に派手さがないだけで、丁寧で根気強い対応をする人だとすぐにわかった。もちろん孝美だって、本当はそんなことは十分承知しているのだろう。頼りないはずの彼に、ずいぶん多くの授業を任せている。

「お待たせ。コーヒーでえす」

事務机の置かれた手狭なスペースを、孝美はマグカップを両手に、上手に身をくねらせて戻って来た。

「ありがとう。いただきまーす」

久里子はカップを受け取ると、香りの立つコーヒーにさっそく口をつけた。もともと苦手な飲み物だったはずなのに、ここ数年はぼちぼち口にするし、むしろ最近では、好んで飲むようにさえなった。少し体質が変わったのかもしれない。

孝美は甥っ子の藤岡先生にもコーヒーを届けると、キャスターつきの椅子を引っ張って来て、久里子のそばに座った。家の中のことなんかをちょっと話す。もっとも最後に会ってからまだ日は浅かったので、それほど大きく変わったことはないけれども。亜土夢に新しい彼女ができたことも、すぐに教えてしまった。

「また紹介してもらうの？」

「彼女？　うーん、なんか必ず一回家に連れて来るんだけど、あれって紹介なのかな」

「そうなんじゃない？」

「そうなのか」

「真面目なんだよ、亜土夢君」

「えー、それはないよ」

久里子は言い、「もう」と付け足した。孝美がよく知っているのは、主に亜土夢の小学校時代だったから、話の中で、日に日に大人になっていく様子が面白いらしい。彼女のところは娘がふたりで、長女のまりんちゃんは高校二年生、次女のけいとちゃんが中学三年だった。

亜土夢の通っていた小学校で、孝美とは一緒にPTAの役員を務めたのだった。子供同士の学年は違ったし、久里子の一家はその後、亜土夢が五年になった春に沿線の三つ先の駅に引っ越してしまったから、近場とはいえ、そのまま縁遠くなってもおかしくはなかったのだけれど、PTAの役員のうち、彼女とは基本的に馬が合って、その後もなにかとよく連絡を取り、気がつけばずっと付き合いがつづいていた。

今年でもう七年目になる。

「そういえば今日、友だちって言ったら、なんかきもいって、ひどいでしょ」

久里子は息子との朝の会話を思い出して言った。

「亜土夢君？」

「そう。友だちっていう言い方が。私なんかの年に似合わないらしいよ」

「なにそれ、友だちは友だちじゃん」

「でしょう」

「生意気だね」

孝美が笑う。本当は、六つ下の孝美を同世代扱いしては悪いのだろうけれど、子を持つ親同士、仲良くなってしまえばそのへんは適当だった。それに六つ下でも、子供を産んだのは彼女の方が一年早い。

「生意気だよ、男子高校生」

久里子はしみじみと言った。これから先、息子のことはますますわからなくなるのだろうと思った。「女の子はどう？　お姉ちゃんなんか、今日も家のことといろいろやってくれるんじゃないの」

「うーん、最近はそうでもないよ。毎日よく遊んでる。下の子は受験でずっとぴりぴりしてるし、大変」

「やっぱりそっか、そういう年か」

久里子は小さく首を振ると、またマグカップに口をつけた。

「じゃあまた、来週。いろいろありがとう」

久里子は明るく言い、事務室を出た。ひとまず今週はこれで終わり。来週からは週に二回、夕方の小学生のクラスを手伝わせてもらう約束だった。

階段を下りて歩道に出ると、そろそろ日が暮れかけていた。

久里子は駅とは逆側、ビルの前方に回り込んで、一階の食料品店に立ち寄ることにした。

塾は四階建てビルの二階にあり、三階と四階に賃貸の部屋がいくつか。そして一階では、孝美の妹が、いずみや、という屋号の小さな食料品店を営んでいる。親の代からつづくそのお店は、日持ちのするパンやお菓子、保存食、乾物、調味料なんかを主に扱っている。

「あっちゃん、こんばんは」

店頭のワゴンを見てから、サッシ戸の開いた側を抜けて、久里子は言った。中は、いつも通り、ごくゆるい調子で温度調節がされている。今年に限らず、このお店はいつもそうだ。孝美に紹介されて六、七年。界隈に住んでいた頃には、ときどき春さんを連れて訪れたこともあった。

「こんばんは。どうだった？　子供たちとはうまく行った？」

昔から病弱だったというあっちゃんは言った。レジ台の向こうの椅子に、ちょこんと座っている。文庫本でも読んでいたのかもしれない。「いよいよ今日からだったんでしょ。孝ちゃんが心配してたよ。くーちゃん大丈夫かな、くーちゃん大丈夫かなって」

「そうなんだ。二回も？」

「ううん、もっと何回も」

あっちゃんはにこにこ笑う。愛想はいいし、もう十年以上、決まった日以外は絶対にお店を休まない、早じまいも一切しないという働き者なのだけれど、健康的なお姉さんと比べて、明らかに線が細い。背格好だけなら、中学一年生でも小さいグループに入るくらいだろう。三十九歳で独身。未婚。もう結婚しないかもしれない。べつにしなくてもいいんだけど、と前に孝美が、半ば心配そうに、半ば割り切ったように言っていたことがあった。

久里子はきちんと整理された陳列棚を見て回ると、春さんの好きなげんこつおかきとサラダせんべいを買った。おはぎも気になったけれど、また次に来たときでいいかと思い直した。

「そんな、塾に来たからって、毎回買ってくれなくてもいいよ。お給料なくなっちゃうよ」

椅子から立ったあっちゃんが可笑しそうに言った。

「うん、わかってる。週二回だしね。あ、レジ袋いらない」

久里子は小さく畳んであったナイロンバッグを広げ、そこに商品を入れてもらった。千円札でお釣りをもらう。

昭和育ちの春さんは、「便利」と呼ぶのにあと一歩か二歩……三歩か四歩足りないような、こういった古いスタイルのお店に郷愁を覚えるのか、一緒に来ると妙に熱を持って買い物をしていたのを思い出す。まるで大きなスーパーに買い出しに行ったときみたいに、レジ袋をぱんぱんにして、お代も結構なものを支払っていた。「ああいうお店、これから大変だよ」とあとでよく言ったから、気前よく売り上げに貢献したい思いはあったのだろう。久里子は同い年でも、本来、そこまでの思いを町の小さな商店には持たなかった。地元で、友だちの妹がやっているから贔屓にしている、という意識のほうがよほど強い。その気持ちを抜きにすれば、咄嗟の買い足し以外では、お買い得品が多く、品揃えのいい大型店のほうを有効に利用したいと普通に考えるタイプだった。

ゆるい空調でも気になるのか、ほぼ一日お店にいるあっちゃんは、コットンやサマーニットをもこもこと重ね着していた。丸椅子には明るい色のブランケットが畳んで置いてある。その上に文庫本がのっているのが見えた。タイトルを確かめると『忍ぶ川』。久里子も昔読んだ大好きな小説だったので、少し話が弾んだ。

「でも、なにも買わなくても、ちょっと顔見せてくれたら嬉しいな。それも毎回じゃなくていいけど」

引き揚げ際、そんな儚げなことをあっちゃんが言うので、

「毎回顔見せるよ、買わなくても」

久里子は言ってお店を出た。

駅に向かう道は、界隈に住んでいた久里子にとって懐かしい道だった。

五年ちょっと前までは、春さんと亜土夢、そして自分とが日常として見ていた景色だ。越して年数を経たぶん、通り沿いの店舗や家並みにかすかな変化があり、その微妙なズレが、ときどき記憶の景色をそこに薄く浮かび上がらせる。

もちろん久里子の心が、過去を思い出そう、思い出そうとしているからだろう。

あと少し塾に来る回数を重ねると、自然と今の景色が馴染みになって、よほど集中しないと、小さな変化なんて意識することはできなくなる。当たり前だ。もうなくなってしまったものを見るために、人は普段からそんなに足を止めてばかりはいられない。

この道を通って、春さんと火事場見物をしたのを思い出す。

ウーウー、かんかん、ウーウー、かんかんと消防車が大通りから駅前の狭い道を通って奥へと集結し、あまりのけたたましさにおそるおそる、日曜の就寝前だった夫と連れ立って様子を見に来てみたときには、駅向こうの道路に入れないよう、あちこちに黄色い規制線のテープが張られていた。普段あまり物見高いタイプでもない春さんのほうが、わざわざ迂回し、線路を渡り、戻り、熱心に抜け道がないか探していたのが久里子にはおかしかった。夜空の端が赤みがかり、物の焦げたにおいが漂って来ていた。人の話を聞くと結局のところ、怪我人もない小火のようでよかったのだけれど、日曜深夜の野次馬状態からそろそろ引き揚げようかというところで、孝美夫妻にばったり会い、だいぶバツの悪い思いをした。

「来たの？」

笑顔で訊いたのは孝美のほうだった。

「うん、来た」

「好きなの？」

「まあ、気になるよね」

久里子は素直に話して笑い、旦那（だんな）を紹介すると、これぞあうんの呼吸とでもいうのか、男同士、やけにそつなく火事情報の交換をはじめた。ＰＴＡで知り合ったばかりの彼女との親しさが急に増して行ったのは、そんなことのあとからだったかもしれない。

景色の中に春さんが溶け込んでいる。

久里子は最近、ときどきそう思うことがあった。

やはり夫のことをよく考えているせいだろう。町で春さんに似た人を見かけ、目を奪われることも珍しくはない。通りすがりや群衆の中に浮かんで、すぐ消えてしまうくらいの似方だったけれども。

単に背格好の似た人を目で追ってしまう、ということだろうか。

ただ、それはまるで半透明になった春さんが、ずっと自分の側を歩いてくれていて、久里子がはっと気づくと、途端に姿を消す。ちょっとずつ、ちょっとずつ透明から色がつき、実体化して、気づかれる寸前にパッと消える。そんな漫画かＣＧアニメのようなイメージにも似ていた。

さすがにこの年になって、そんなイメージを無闇な人には話せないけれども。

でも、もし本当にそうやって春さんが側にいてくれたら。

どんなに心強いだろう。

結婚してから今までずっと、自分はいろいろな面で春さんに助けられていた。護(まも)られていた。久里子はあらためてそのことを思っていた。

通勤帰りの客が多くなった駅に入り、ちょうどホームに到着した電車の先頭、女性専用車両に乗った。だいたい八十パーセントくらいの混み率だろうか。面影の似た人を探そうにも、お化粧と香水の甘いにおいがたっぷりの車内では、春さんも現れようがないかもしれない。

無理だね、春さん。

亜土夢と違って、あなた、めっちゃ男顔だし。

そんな他愛のないことを思いながら三駅乗り、最寄りの駅から自宅を目指す。そっと側にいてくれるはずの春さんと、一緒に家まで歩いていた。

3

「浅草に行くと、春生がいるのよ。知ってる?」

義姉の順子さんから電話があったのはその夜だった。

「なんですか、それ」

自分が感じたのと同じようなことをお義姉(ねえ)さんも感じているのかもしれない。そういう意味の話なのかもしれない。それとももっとオカルトっぽいのか。久里子は一瞬思ったけれど、やはり全然そうではなかった。

「仲見世の人形焼き屋さんにいるんだけど」

「人ですか？　そっくりさん？」

「うん。そっくりさん。昔、私が見つけたの」

「昔って、いつ」

「だいぶ昔よね。春生の人形焼き屋さん、って呼ぶようになったら、あいつ、凄く嫌がって、毎年半泣き」

「毎年？」

「しばらくお参りに通ってたから」

「へえ、いくつくらいの時ですか」

久里子は、もう一度時期を訊ねた。

「高校生？　私が。春生は中学かな」

電話の向こうの義姉は、少し探るように言った。「二番目の父親がいたころだから、その頃で間違いないはず。浅草が好きな人だったんだよね。べつに近くもなかったけど、そのあとはもっと遠くへ越しちゃったし」

「わりと大きくなってからなんですね」

「うん」

「半泣きっていうから、もっと小さいのかと。その頃でもやっぱり泣き虫だったんですか、春さん。中学なら、私も知ってた頃なのに。家で泣いてたんだ、あの加部君」

「泣いたね。それは確かに。あいつ、とにかく泣き虫だから。弱いんだよねえ」

「学校では、あんまりそんなふうでもなかったですよ。クラス委員なんかやってたし」

「泣き虫なのにプライドが高いの。私になにか言われると、すぐぎゃあぎゃあ喚(わめ)いて。なんであんなに感情的になってたんだろう」

「それはお義姉さんに口で勝てないからですよ。特にその年頃は」

「そうかな?」

「そうですよ」

久里子が答えると、義姉はちょっと間を置いてから、そうか、そうだね、と感心したように言った。さらに、しばらく静かになにか考えているようだった。当時の様子でも、思い返していたのかもしれない。

「うん。ちょっとひどかったのかも。今思うと」電話の向こうのお義姉さんが訥々(とつとつ)と言う。

「取り返しつかないか、もう」それから、ふっと笑った。

「ともかく浅草に天ぷら食べに行こうよ」

そもそもの電話の用件は、その誘いなのだった。「ほら、恒例のおいしいもの会。今年は暑いから、揚げ物してないでしょ、あんまり」

「確かに」

「食べたくなってない？」

「そういえば」

久里子は気軽に応じて、都合のいい日を挙げ、義姉との会食のスケジュールを決めた。江戸時代、天保年間からつづくという老舗も、ランチならずいぶん手頃な値段で天丼が食べられるという。

　生意気な亜土夢はもう女の集まりには参加しないと前に宣言していたし、凪ちゃんも大学の講義がそろそろはじまるようだったから、今回は平日の昼間、ふたりで行こうという話になった。現地集合、現地解散。雨天決行。豪雨の場合相談。

「ねえ、今度、彼女連れてきていい？」

　電話を切ると亜土夢が近くにいて、
　と、ぶっきらぼうに言った。

「うちに？　いいわよ。でもどうして？」

「どうしてってこともないけど、来たいって言うし」

「へえ。そういう感じなんだ。どうぞ。なにちゃんだっけ？」

「オダギリセーラ」

「セーラちゃんね。漢字は？」

「感じ？」

「字。漢字」

「ああ、漢字ね。ない。名前はカタカナ」

「へえ。どこか外国系？」

「そうだと思うけど。べつにいいっしょ」

「うん、いいよ。わかった」

久里子は言い、彼女を連れて来たい息子にも自分の都合のいい日を伝えた。

本当は自分のいない日が、彼らにとって都合のいい日なのではないかとも思ったけれど、さすがに留守宅に呼ぶことを推奨する立場でもない。

亜土夢は、じゃあ彼女と決めて教える、となんだか偉そうな言い方をし、

「ねえ。もてるね」

久里子がからかうと、ふう、とため息のようなものを漏らして行ってしまった。ふう、というその音が妙におかしくて、笑いのツボに入った。

久里子はしばらく、ふう、と亜土夢のため息を真似(まね)しては、居間でひとり笑っていた。

四月生まれの春さんは、四十九歳の五月に他界した。

久里子は三月の生まれだったから、元同級生とはいっても、一年のうち、十一ヵ月は年

下なのだった。

なのに今年は彼がきちんと年を取らないせいで、いつまでも一緒に四十九歳を生きている気がする。

本当なら彼は五十歳なのに。もっと言えば、来年四月には、春さんは五十一歳になるはずなのに。

もちろんそれは死んだ子、ならぬ死んだ亭主の年を数える行為だった。

でも、死んだ人の年はみんなつい数えてしまうのだろう。あまりにみんながしてしまうことだから、きっとことわざにだってなったのだ。

だったら年齢くらい、数えてもいいじゃないか。

その子や人が生きていればと祈り、願い、悔いる人がいる間は。

雷門の前で義姉を待ちながら、久里子はそんなことをぼんやり考え、自分が来年、春さんの生きなかった年齢になることをこっそりと嘆いていた。

春さん、ずっと一緒に年を取っていくつもりだったのに。

門の両側にすっくと立つ風神と雷神のうち、どちらか一方が欠けても格好はつかないだろうに。夫婦のたとえとして、風神雷神はあまり適切ではないだろうけれども。

久里子は門に背を向けると、今度は交差点の向こうの青い空に目を細めた。

やがてお義姉さんが、きれいなオレンジ色のバッグを提げて姿を見せた。

数分の遅刻をまず陽気に詫びると、

「さあて。おいしいもの、おいしいもの」

歌うように、または呪文のように唱えている。かなりの美食家、健啖家のはずなのに、とくに肥満もせず、実年齢より一回りほど若く見えるというのは一体どんな裏技、マジックをつかっているのだろうか。

「さあ、べつになにもしてないけど」

若く見える秘訣を訊ねると、いつも通りの答えを返してくれた。「それより、どうする？ これから」

「もちろん、まかせますよ。おまかせコースですよ。お義姉さんに」

「じゃあ、まずご飯食べようよ。お参りもお土産も甘味も全部あとで。お店そこだし、私、ちょっと喉渇いたし」

門のすぐ脇の、旅館めいた広い間口の建物をお義姉さんは指さした。

そこがお目当ての天ぷら屋さんだった。

仲居さんの案内で本館の二階に通されて、お座敷の脇を抜け、テーブル席につく。サンルームめいた台形のスペースに並ぶ七つ八つのテーブルは、久里子たちが座ったことで全部いっぱいになった。

外国人客のグループ。小さな子供を連れた家族。若い男女。近くの工事現場の作業員らしい人たちもいる。あとは高齢の男性客がふたり。

久里子はメニューを見て並天丼となめこのお味噌汁を、お義姉さんは吾妻橋という天ぷらと卵焼きのついたセットを注文した。ビール飲もうよ、とお義姉さんが言ったので、コップ一杯なら、と久里子は答え、小瓶のビールを頼んだ。甘いお酒もあるようだったけれど、お昼からそれを飲むのもかえって違う気がした。

かちん、とコップを合わせて乾杯をする。

「塾の先生どう？」

義姉の言葉に、久里子は首を大きく横に振った。

「先生じゃないですよ、サポートのおばちゃん」

「男の先生と恋に落ちるんじゃないの、若い先生と」

「ないですよ、そういうの。黒木瞳じゃないんだし」

「あれ、わかった？　今、完全にそのイメージ」

「アラフィフの星ですからね、彼女」

「確かにそうね。いないの？　若い男の先生」

「いますけど、二十五歳くらい下ですよ」

「あら、ちょうどいい」

「まさか。凪ちゃんの相手くらいなのに」

親しく話す相手が、この義理の姉でよかったと久里子はあらためて思う。楽しい。前からの癖で、久里子は丁寧語を使うことが多かったけれど、ときどきタメ語も交じるし、むしろ義姉はそういうほうが気楽そうだった。

久里子には埼玉に住む少し年の離れた弟夫婦もいたけれど、異母弟ということもあって、そちらとは正直だいぶ縁遠かった。

「そういえば最近、ときどき春さんぽい人を見るんですよ、町とかで。驚いて、よく見ると大して似てないんですけど」

昼ビールのせいではないけれど、ついそんなエピソードまで明かしてしまう。

「それは……なに？」

義姉が不思議そうに言う。小さなコップに注いだビールを、くいっと美味しそうに飲んだ。「そっくりさん？　オカルト？　それとも気のせい？」

「たぶん、気のせい……かな」

久里子は笑って答えた。

「でも、くっついて回ってるのかもね、あいつ。久里ちゃんのこと大好きだから。執着して」

今度はお義姉さんのほうが、オカルトめいたことを言った。「それに泣き虫だから。まだ死んだのわかんないのかも」

「あ。それはちょっと。それはちょっと可哀想ですよ」

「そっか、ごめん」

「いつか私が大丈夫って言うまで、側にいてくれてるんじゃないかって思うんですけど」

久里子が勝手なイメージを伝えると、

「ああ、それだね。そういうところもあるよ、あいつ」

やさしいんだよ、と義姉は言った。


あまり広くないテーブルとテーブルの間を、粋な仲居さんたちがずいぶん素早く行き交っている。

まずお義姉さんの頼んだセットが届き、海老、キス、ナス、しいたけ、ししとうの天ぷらと、分厚い卵焼きが二きれ、それに沢庵とお味噌汁、ご飯が並ぶ。すぐに久里子の天丼も届いた。

ほう、と声を上げ、思い立って記念の写真を携帯で撮り、お義姉さんと食前の挨拶を交わす。そして、ぱちんと箸を割った。

濃いめの焦げ色のついた天ぷらが何種類も載せられ、下のご飯をすっかり覆い隠して、丼からせり出している。ぴんと尻尾を伸ばした海老、白身魚、どかんと大きなナス。メニューで見たところによれば、イカの天ぷらもどこかにあるはずだった。

「卵焼き、ひとつ食べて」

「はい、いただきます」

「ビール、あとちょっとだけど、もう一本頼む？」

「ううん、私は本当に、もう」

「海老がぷりぷりだね」

「ほんとに。おいしい」

ごま油で揚げたという天ぷらはとても香ばしく、天丼のタレの甘さは控えめだった。

「これが江戸の味なんですね。魚も江戸前ですかね？」

「確かどっかにそう書いてあった……はず」

「タレもずっと継ぎ足しかな。そういう老舗が多いですよね」

「うん。どうして腐らないか、私なんか仕組みが全然わかんないけど」

「私も」

「でもおいしければいいよね」

義姉はおろしを入れた天つゆに、キスの天ぷらをさっと沈めて引き揚げた。さくっと前歯で嚙み、にんまりと笑う。「おいしい、江戸前。東京湾の漁師さん、ありがとう」

「漁師さん、って」

久里子は頬をゆるめ、ジューシーなナスの天ぷらをひと囓りした。ご飯も頬張り、ゆっくりと咀嚼して飲み下す。それからふと思い出して言った。「漁師さんの夫婦って、どんなに喧嘩してても、船の出る朝は、奥さんが笑顔で旦那さんを送り出すんですってね」

「そうなの？」

「うん、前にテレビで見ましたよ。もう帰らないかもしれない、危険な仕事だからって」

「へえ。そういうのは江戸前より、もうちょっと遠洋へ出る船とかなのかもね」

「そうなんですかね」

「まぐろとかくじらとか、大変じゃない、あれ。戻るまで、半年とか一年とかでしょ。今はシーシェパードにも追いかけられるし。それとも、もう少し小さい船の方が遭難の危険性が高いのかしらね」

「さあ」

　久里子は曖昧に答え、小さく首をかしげた。

「でも事故はね。誰も望んでないしね」

キス天を全部食べた義姉が言う。つづけて、ご飯、沢庵、お味噌汁、とリズミカルに口へ運ぶと、一旦箸を休めるように、空のビール瓶とコップをちらり見てから、緑茶の碗に手を伸ばした。

「もう一本、頼みますか」

久里子が訊ねると、いいわ、やめとく、と言った。義姉はお茶を一口、そしてもう一口飲み、小さな木のテーブルにゆっくりと湯飲み茶碗を置いた。

「ねえ。前に言ってたあのこと、気にしてるんでしょ。春生の亡くなった日、朝ちょっと喧嘩してたって」

「はい。少し」

久里子は正直に答えた。あの朝のことを思い出すと、ざわっ、と今も気持ちにざわめくところがある。

「あんまりいろいろ後悔しないほうがいいわよ。結局、みんな死ぬんだし」

義姉の声が後半特に響き、窓際のテーブルにいる老人ふたり組のうち、ひとりが睨むようにこちらを見た。その動きに気をとられたのか、もうひとりが手許のグラスを取り損ね、ビールがテーブルに広がる。あーあーあー、と小さな騒ぎになった。

お義姉さんはそちらに一瞥をくれて、あら大変、と言った。今おしぼりお持ちしますね、と仲居さんが素早く声をかけている。

「でも、ずっと考えてるわけじゃないんでしょ。そういうこと」

義姉はあらためてこちらを見て言った。「反省とか、後悔とか、そういうの」

「もちろん。どっちかっていうと、忘れてしまいそうなときが多くて」

「それで、いいじゃない」

「はい」

「もし思い出すなら、せめて楽しかったことにしなさいよ。自分がすごく、春生によくしてあげられたこととか。あるでしょ、そういうのも」

「はい」

「いっぱいある？」

「そうですね、いっぱい」

「じゃあ、それをいつも思い出しなさい」

「はい」

久里子は言った。

ようやくイカ天を見つけた並天丼が、妙に甘じょっぱい味になった。

それから友だちの話になった。

例の、いい年をした大人が友だちと言っていいのか、悪いのか、高一男子と徹底討論、という話だ。

「ガキだねえ。そんなの、いいに決まってるじゃないの。友だちは大切よ。むしろ大人にこそ友だちが必要なの」

義姉は亜土夢の意見を一笑に付した。あとで亜土夢に教えてやろう。

「私なんて、亭主より友だち取るわよ、いざとなったら」

「そうですよね」

久里子は強く同意した。同意したあとで少し訂正する。「いえ、同じ意見なのは、大人にも友だちが必要っていうほうですけど」

「ううん、久里ちゃんも、春生より友だち。ほら、言って。春生より友だち」

「言わない言わない」

久里子が首を振ると、義姉はにやにやと笑っていた。

夢でいいから会いたい。

春さんに。

久里子は親しい友人に何度かそう話したことがあったし、実際、よくそんなふうに思った。

今だってその気持ちに変わりはない。ただ、それでも彼を忘れている時間が、徐々に長くなっているのを感じていた。

楽しい夢は覚めてから悲しい、なんて、十代の頃にはよく考えたものだったけれど、齢を重ね、永遠の別れをいくつか経験すると、ずいぶん感じ方も変わっていた。

現実の世界で姿が見えなくなったぶん、せめて夢の中でくらいは側にいてほしい。

たとえ目が覚めたあとで悲しくなっても。

忘れたくない。

義姉のおまかせコースは、天ぷら屋さんを出て第二ステップに入った。仲見世を通り、観音様へお参りに行くようだった。そのあと戻りがてら、ぷらぷらお土産でも買い、老舗の甘味処で、あんみつか粟ぜんざいをいただく予定。解散は適宜。

いろいろ買うのはあとで、とは言いながらも、小さなお店の並ぶ仲見世を歩けば、いかにも外国人観光客の喜びそうな品、ジャポニズム満載な絵柄のＴシャツや扇子、キモノ、刀、ちょんまげ、だるまやこけし、草履なんかがパパッと目に入って楽しく、ほら、あれ見て、なんて義姉と指さし合う。

豆屋。お団子屋。佃煮屋。

「あ、スカイツリー」

と義姉が言った。軽く顎を上げて、遠い景色をしっかりと見ている。

「すごい。ここから見るときれいですね」

久里子も同じようにそちらを見やり、心から言った。

「うん。私もスカイツリーのこと、ちょっと甘く見てたかもしれない」

と義姉。仲見世が脇道で一旦途切れたところで、その真新しい電波塔が右手に見えるのだった。

端にぎざぎざな縁取りのある新仲見世のアーケードを越えて、さらに向こうにそびえる大きなそれは、単独ではインパクトに欠ける、面白くない、くっきり赤い東京タワーの圧勝、といった印象しか持たなかった久里子にも、新たな思いを抱かせた。レースの編目のように鉄骨の組まれた淡泊な造形が、まるで白い象牙細工の塔にも見えて、竜宮城のごとき手前のオリエンタルな景観と、奥の青空に絶妙にマッチしている。

「あー、きれい」

久里子は思わず声に出して言った。それから、ふっ、と鼻を鳴らし、義姉のほうを見た。

「できたら見ようって言ってたんですよ、春さんと」

「うん」

義姉が大きくうなずいた。「そのぶんあなたがよく見ておけばいいじゃない。そしたら春生も見てるから」

「はい」

「きれいねえ」

「はい」

久里子はうなずくと、春さんのぶんも含め、たっぷり一分ほど、その場でスカイツリーを見ていた。

　そして義姉と一緒に、また仲見世を歩きはじめた。

　人形焼きや雷おこし、おせんべいなんかは、この界隈の名物だけあって、何店舗もある。

「どこだっけなあ、春生のお店」

　ひとりごちたお義姉さんは、人形焼きを売るお店があると、さささっと近寄り、いちいち中を覗いていた。

　もちろん、亡き夫のそっくりさんがいたという人形焼き屋に、久里子の興味がわかないわけもない。そのたび一緒に近づいてそちらを窺い、もし自分だけ、先に彼のそっくりさんを見つけたらどうしようと考え、四十九歳ながらどきどきした。

「ありません？」

「うーん。どこだったかな」

　次のお店は、数歩近寄っただけで、違う、と判断していた。「でもわかんないもんだね、もう何十年も来てないからか」

　何十年、という時間の遠さに、久里子は一瞬めまいがした。確かに春生と同じ中学に通っていたのは、もう三十何年も前のことだった。

　お姉さんにからかわれて半泣きの春さん、当時は同じクラスの加部君が、お参りでこの界隈を歩いてから、もうそれだけの時間が経っている。

「じゃあお店があっても、そのそっくりさんがいるかどうか……。っていうか、いるわけないですね」

久里子は自分の淡い期待がおかしくて笑った。「もともと若い人でした？　当時」

「うーん」

義姉はよく思い出すように目を一回くるりとさせると、「ベテラン。すごく古い感じ」と言った。

「じゃあ一〇〇パーセント引退してますね。いてもすごいおじいさんか。あ、息子とか孫とかが、今風のイケメン春さんになってるとか。……っていうより、どれくらい似てました？」

「それはもう、完全にコピー」

「本当ですか」

「うん」

「嘘ですよね？」

「うん」

「え？　嘘なんですか」

「あ？　嘘じゃない、完コピよ」

次のお店を見つけたらしい義姉が、ちょっと上の空といった調子で言った。店の佇(たたず)まいと位置だけで、そちらにはずいぶんぴんと来るものがあったらしい。

どこも同じ軒の高さ、同じ位置に横書きの看板が設（しつら）えられた仲見世とはいえ、それぞれに間口の広さや中の様子は違う。

「ね。あそこだわ、たぶんあそこ」

「あそこ？」

「うん。あれが春生の人形焼き屋さん。たぶんそう」

興奮した様子の義姉と一緒に近づくと、路地との角にあるそのお店では、おせんべいと人形焼きを一緒に売っているようだった。白いうわっぱりを着た細身のお兄さんが、手焼きのおせんべいのぎっしり並んだガラスケースの向こうで立ち働いている。白い帽子をかぶり、細面のその人は、あんまり春さんと似ているとは思えない。久里子と義姉が近づくのに気づき、はい、らっしゃい、と威勢よく言ったけれど、お店の一歩手前でふたりが足を止めると、ちょっと肩すかしをくらったように微妙に向きを変え、すぐに他の接客をはじめた。

「どうですか、本当にこのお店？」

幸福の黄色いハンカチを探すような久里子の質問に、義姉は答えなかった。

ガラスケースの向こうにはもう一人、人形焼きのものらしい黒い鋳型を火にかけ、ひっくり返している年輩の男性がいた。同じく白いうわっぱりに、白い帽子のその人は、久里子が見るところ、若い人のほうよりは、まだ春さんの雰囲気に近そうだった。とはいえ、横向きに、脇道の路地側のガラスのほうを向いて作業をしているから、はっきりと顔まではわからない。

いわゆる実演販売の見学ブース、といった趣きになった路地側に、義姉が回り込んだのに久里子もすぐにつづいた。

男性はうつむいて、コンロにかかった小さな行司の軍配のようなかたちの鋳型を、三つ、四つとこまめに動かしている。うつむく職人さんの春さん度は、正面から見ると、やっぱりそれほど高くはなさそうだった。ただ義姉は、その器用な手つきを頼もしげに眺めると、うん、うん、とうなずき、

「ここ。ここで間違いない」

と言った。

「そうですか?」

「いつもここで買ってた、春生の人形焼き」

義姉はにまにまと笑っている。「本当にそっくり。久しぶりに見るけど。春生そのもの。おっかしいわ。ほら」

お義姉さんが指さしたのは、鋳型をひっくり返す白いうわっぱりの男性その人ではなく、その手前、路地側のガラス張りのショーケースだった。

そこにはディスプレイ用に、きちんと箱詰めされた人形焼きがある。

「これ、これ」

お義姉さんの示す先をさらにじっと見ると、はと、亀、五重塔、ちょうちん、釣り鐘なんかのかたちにまじり、鬼瓦（おにがわら）のような顔の人形焼きがあった。

ぎょろ目、太い眉、あぐらをかいた鼻、大きな口。

「春生、久しぶり。会いたかった」

義姉の言葉に、

「ひどいですよ、それ、少しも似てないですよ」

亡き夫にかわり、久里子が抗議をしておいた。


「そんな、久里ちゃんまで怒らなくても」

お供えに、と結局先に人形焼きをひと袋買ってくれた義姉が笑いながら言った。自宅のお土産用にも買い求めていたから、帰って娘の凪ちゃんと、ほら、春生おじちゃんよ、あー本当だあ、叔父ちゃんお帰り、とか話しながら、ぱくっと食べるのかもしれない。

「愛らしいじゃないの、あの鬼。あそこ、味も一番おいしいのよ」

「そうですか。鬼なんですか、あれは。雷様じゃなくて？」

「雷様？」

「なんとなく。浅草だし」

「そうなの?」

義姉は不思議そうに首をかしげた。「じゃあ帰ってから、もう一回よく見て」

「はい」

「よくわかんないから、うちではずっと春生っていうことになってたんだけど」

義姉は昔を思い出しながらといった様子で言った。「そっか雷様か。そうだね、浅草だもんね」

「そうですよ、きっと」

久里子がうなずくと、

「そうだよ、雷様じゃない。あれ」

義姉は大きく言い、

「やだ、うちの家族。誰も気がつかないんだよ。何年も。春生だって、僕じゃないよー、ってべそかくばっかりでさ」

くすっと笑った。「泣くことはないじゃないねえ、あいつも、中学生なのに。半泣きか」

「それはまあ、確かに。そうですけど」

久里子もさすがにちょっと笑った。いかにも十代らしいからかいだったし、それを本気で受け止めてしまうのも、思春期らしい不器用さだった。

「中学生なのに、あいつ全然ガキでさ」

義姉は懐かしそうに言うと、小さくうなずいた。

やがて仲見世を抜け、宝蔵門を通って境内に入った。

お先にどうぞ、いいえ、どうぞお義姉さんが、と譲り合い、結局、久里子が先に観音様にお賽銭(さいせん)を上げた。

左の薬指にプラチナのリングをはめた手を合わせ、
夢でいいから会わせてください。また。春さんに。

そんなことを願っていた。

つづいて義姉の荷物を預かって、少し下がった場所で彼女の参拝を待つ。

春さんの顔の人形焼きの袋をふたつ、ぷらんぷらんと揺らしていた。

第五章　駅弁祭り　春生（三）

1

小金井に住んでいる姉から、携帯にメールが届いた。土曜日の午前中のことだった。

タイトルは、春生の顔。

本文のメッセージはなく、写真が一枚添付されている。

和風の茶色い焼き菓子が一つ、朱塗りのお皿にころんと載せられている写真だった。

鬼瓦（おにがわら）みたいなこわい顔をしたそれは、人形焼きだろう。浅草の仲見世で売っているものかもしれない。

バカなのだろうか。

いい年をして。本当にくだらない。どうして五十歳の弟に、五十三の姉がこんなメールを送って来られるのか。

「姉さん、なに。あれ。買って来たの」

真意を問い質すために、春生は早速電話をかけた。中学生のとき、おまえそっくり、と姉にさんざんからかわれた記憶が蘇る。似てないよ、全然、とムキになって言い返すと、姉はなお面白がって攻撃的になり、結局、泣き虫の春生は、涙を必死でこらえるのに精一杯という状況になるのだった。

あれからもう三十何年かが経つ。

三十六、七年だろうか。

「懐かしいでしょ。昨日、久しぶりに浅草行ったから」

電話に出た姉が、明るく答えた。昔から口が達者で、とにかく気の強い姉だった。自分の非なんて、一切認めたことがない。「で、今お茶うけにいただいてたところ。せっかくだから、そっちにもおすそわけしようと思って」

「へえ。それはありがたいね。でもどうせなら、ちゃんと食べられるおすそわけがよかったな」

春生は空々しく答えたけれど、そんなキレの悪い嫌味に、効果があるとも思えない。案の定、姉は小さく鼻を鳴らしただけだった。仕方なく春生は、こほん、と咳払いをした。

「あれって仲見世のやつ？　ほら、昔買ってた」

「そう、かめやさんの」

「そうだ、そんな名前。へえ。まだあるんだ、あの店」

「そりゃあるわよ。もっと昔からあるんだから。たぶんあんたや私が死んだあとも、ずっとあるでしょうよ」

「そうか。そうかもね」

くるくるのコードがついた、固定電話の受話器を耳に当てた春生は、自宅の小さな庭を見て目を細めた。普段、携帯を通話に使わないわけでは全然ないのだけれど、姉に宛てての電話はつい家電同士にしてしまう。昔からの癖なのだろう。

「姉さんって、浅草によく行くの？」

「だから久しぶり、って」

「あ、そっか。ごめん」

「もうボケた？」

「いや、まだ。たぶん。大丈夫」

「凪のＰＴＡのときのお友だちが、たまたまそっちで絵の個展やってて」

「へえ。ママ友が」

「なに、似合わない言葉つかって。あんた、会社で女子社員に嫌われてるよ」

「いや、久里子も、よーく古いＰＴＡの役員と遊んでたからさ。Ｓ台の、亜土夢が小学生のときの」

思わず声に力が入っていただろうか。庭でめだかのエサやりをして居間に上がって来た亜土夢が、足ふきマットの上に立ち、露骨に呆れた顔でこちらを見た。

　または冷たい感じで。

　最近、薄情な高校生の息子は、春生が亡き妻の話をするのを、ずいぶん嫌がるのだった。

　繰り返しが多いとか、都合よく記憶が改ざんされているとか。

　その中でも特に嫌われるのは、なにかべつの話から急に久里子の話題に結びつけたときで、

「えー、結局そこに行く？」

「前振り長っ」

「聞いて損した」

「あのさあ、頼むから、もうちょっと他のこと興味持ちな」

　などなど、とにかく遠慮のない文句が返って来て、いつでも、いつまでも久里子のことを話していたい春生の感情は、家ではほとんど満たされなくなった。

　そのぶん久里子本人を思い出させるものには事欠かなかったからいいようなものだけれど、それでもやはり息子との対話もほしい。父と息子で、一緒に大切な人のことを語り合いたい、という思いが募り、ついまた関係のない話からでも無理やり妻の話題につなげてしまい、ますます亜土夢に警戒されるという悪循環。

　それにしても冷たい。

亜土夢。

もうちょっと父親の話をやさしく聞いてくれてもいいのに。

「春生、あんた聞いてる？　切るよ？」

やさしさに欠ける点では筋金入り、昔から春生を支配したがる姉が、急にきつい調子で言った。

「聞いてるよ」

春生は答えた。こちらを見ていた亜土夢が、すっ、と居間を出て行く。「で、なんだっけ」

「だから、掃除してる？　自分で。家」

「やだなあ、姉さん。俺は家事マニアだよ、今や。姉さんなんかより、ずっとハウスキーピングに命かけてるって」

「なーに、それ。どうせ家の中で久里ちゃんのこと思い出してるだけのくせに。あんまり偉そうなこと言わないの」

まったくその通りで、五十男が言葉に詰まる他ないことを、姉はさらっと言う。

久里子ぉ。俺やっぱり苦手だよ。この人。じつの姉だけど。

「きついよ、姉さん」

春生は小さく文句を言った。そこまで言い返すのも、普段は滅多にしないことだった。

「なにが？　まさか、今ので？」

「男は繊細なんだよ。そういうふうにできてるんだよ。いい加減覚えなよ。女の人みたいに強くないよ」

「あらそう、ごめん」

もう二十五年以上も別家庭で暮らす姉は笑うと、

「ねえ、それでさ、春生。あんた、Rっていらない？　ほら、お掃除ロボットの。古い型で、最近動きがちょっと怪しいんだけど、いるならすぐ送るけど」

と言った。

動きがちょっと怪しいというお掃除ロボットRは、次の日、日曜の午前中にもう届いた。いつものことながら、宅配便の素早さには本当に感心する。

と同時に、なにもそこまで早くなくても、と春生は近頃よく思うのだけれど、ともあれ荷造りのビニールテープをはがすと、さっそく箱を開け、Rのシリーズでも、何世代か古い型、Dという名前のついたお掃除ロボットと対面した。

ようこそ、D君。

白とグレイの二色づかいの、直径四〇センチほどの円盤だった。自走するようにタイヤが三つついている。同じく裏側の、大きな回転ブラシでゴミを掻（か）き込むのだろう。ざっと説明書を見ると、吸い込む機能や、隅っこのゴミを取るための、小さな引っ掻きブラシもついているらしい（見ると、確かにある）。

「あ、R、来たんだ」

息子も姿を見せて、近くの椅子に腰を下ろした。

反抗的なのは、久里子の話をしたときばかりなのだろうか。それはそれで、ちょっと口惜しいけれども。

「すぐ動く？」

「いや、最初は充電だろ」

「なんだ。そっか」

春生は息子のどこか子供らしい声に満足しながら、黄色い煉瓦のようなバッテリーをRの本体にはめた。つづいて充電用のベースステーションに、電源をつないでセットする。円盤が小さなベースにくっついている様子は、なんだか果物のへたに大きな丸い実がついているようにも見えた。

機械の不具合は、中を掃除すれば直る程度のものらしかった。

昨日の電話では、そんなふうに聞いた。その古いタイプは、どうしても内部にほこりが溜まりやすいつくりなのだとか。

「でも、あんたならすぐ手当てできるでしょ。今はまだ大丈夫だけど、いよいよ怪しくなったら、分解して、掃除しなさいよ。そしたら使えるはずだから。ほら、うちは家族全員、機械がダメでしょ。それに猫がいて、毛がどうしても中まで入り込むみたいで。だから毎回業者さんのメンテナンスに出してたけど、それもいい加減大変だし、お金がかかるから」

機械がダメだなんて、めずらしい姉の弱点アピールに、春生は自分がずいぶん長生きをしたものだと思った。あんたならできるでしょ、と力量を認めてもらうのも、物心ついてからこっち、ほとんど覚えのないことだ。

言われるまま中古の、しかも動きに問題のあるらしい家電機器をもらうことにしたのは、そういった姉の物言いのせいもあったのだろう。

あとはお掃除ロボットというもの自体への興味が少々。それと不具合をちゃんと直して、姉に自慢したいという昔ながらの対抗意識もなかったとは言えない。

もちろんドライバーでボディを開けてほこりを取るくらいは、春生にしてみればごく簡単なこと。機械に強いとか弱いとか、ダメだとかいう以前の問題だろうと思った。

「説明書見せて」

親に似て電化製品好きな息子が手を伸ばしたので、

「ほい」

書類一式を渡して、春生はひとまず席を立った。つい荷物に気を取られたけれど、午前中に済ませておきたい家事がいくつもある。まず洗濯機を回し、庭木に水をやり、雑草を抜き、ゴミを集め、水回りをきれいにし、脱水の済んだ洗濯物を取りに行く。春生は姉に自慢したとおり、今や案外なハウスキーピング好き、マメに家事をこなすタイプだった。ちょっとの時間も無駄にしないで、つぎつぎと効率よくこなす。

ただし、和室の天井ライトを取り替える以外は。

あれだけはべつだった。せっかく新しい照明器具を買ったのに、いまだに箱を開けもせず、部屋の隅に置きっぱなしだった。

「ねえ。もう充電済んだよ」

春生が庭にシーツを干していると、亜土夢が顔を覗かせ、嬉しそうに言った。

「え、案外早いな。三時間以上って書いてなかったか?」

「残ってたんじゃないの?」

「そうかもな」

「動かしていい?」

「いいよ」

春生が答えると、亜土夢が素早く踵(きびす)を返したので、

「待って。俺も行く」

竿にかけたシーツを急いでぱぱぱんと叩き、春生はサンダルを脱ぎ捨てて居間へ上がった。

「いい?」

父親の到着を待って、亜土夢が本体のスタートボタンを押す。明るい電子音のメロディを流してから、お掃除ロボットは動きはじめた。

最初はゆっくりスタートして、くるりとその場で半回転すると、がががが、といきなり直進する。

おお、ナイス。

思ったよりも勢いよく進み、壁にぶつかるとコースを変える。そうやってチェストや椅子の脚、ゴミ箱なんかにぶつかりながら、センサーと人工知能で部屋の広さを覚えているらしい。

衝突のたびに本体のグレーの部分が、がしゃん、と大きく鳴って、ショックを吸収している。バンパーの役目をしているのだろう。

「結構頭いいね、こいつ」

夏休みには白い筒型のスピーカーを自作した息子が、お掃除ロボットの動きに感心したように言った。

「ああ、じつは凄いんじゃないかな」

春生も感心してうなずいた。どんな障害物に当たっても立ち往生はしない。回転して向きを変え、またがガと進んで行く様子は涼しげで、見ていて飽きなかった。「姉さんはそのへん、あんまりわかってないみたいだったけど」

「女の人は機械弱いから」

「お、生意気言うなあ」

「だってダメな人多いじゃん、もちろん例外はあるけど。順子おばちゃんはダメなほうでしょ」

亜土夢は高校生になって、どんどん生意気な口をきくようになっていた。大人同士の会話のようで頼もしい反面、これからは春生自身も、もっとあれこれダメ出しされるのだろう。今でも厳しさに参ることがあるのだから、よほど真剣に向き合わないと、手ひどくやられてしまうかもしれない。春生はそう覚悟をした。

Rの動きに、取り立てておかしなところは見受けられなかった。

正しい動き、というものを実際見たことはないわけだけれど、それでも自動掃除機として、不都合がなさそうなのは見ていればだいたいわかった。

デタラメに動いているようで、案外きちんと部屋を広く掃除して回っている。

強いて言えば、がしゃん、と障害物に当たる音が大きいのが、少し気になるだろうか。

それは春生に、昔の遊園地にあった小さなゴーカートのような乗り物を思い出させた。バンパーカーというのだったか、狭いスペースでぶつけ合うのが目的のようなカートだったのに、姉のカートにぶつけて停まると、あとでひどく文句を言われるのだった。まだ幼い頃だったから、お互い、大人と二人乗りをしていることが多かったように思う。やはり両親と一緒だったか。だとしたら、どちらが父と一緒で、どちらが母と一緒だったのか。そのへんの記憶は曖昧でよく思い出せない。

「なあ、どうだ？　これって動きおかしいか？」

がしゃん、とバンパーを鳴らす円盤型のお掃除ロボットを目で追いながら、春生は訊いた。

「いや、大丈夫でしょ」

亜土夢が答える。Rはやがて絨毯の敷いてある居間から、フローリングの廊下へと出て行った。

ががが、ががが、と掃除する音が、いくらか軽いトーンに変わる。

慌てて春生が廊下までついて行くと、亜土夢も一緒にくっついて来て可笑しかった。

2

食後のコーヒーを二ついれて戻ると、食卓に向かってスマートフォンをいじっていた亜土夢が、ふいに顔を上げた。

「写真見る?」

と言う。パスタとサラダとスープの空き皿が、少し向こうに押しやられている。

「なんの? 彼女か?」

「いや。そういうんじゃなくて」

「いないか」

「は?」

ちょっと不満げにこちらを見返したので、春生はその前に笑顔でコーヒーを一つ置き、自分のコーヒーを持って席につく。家事の分担はしているけれど、土日は特に春生が世話を焼くことが多かった。この昼食も春生が作ったし、一時間以上かけて一階を回ったお掃除ロボットが、最後、居間のテーブルのかげで力尽きて、ぴーぴー、ぴーぴーと悲しげな音を立てていたのも、さっき春生が拾い上げてベースまで運んだ。

バッテリーがなくなると、自力でベースステーションに戻って充電をするタイプだという話だったけれど、今回、そこまでは上手(うま)くできなかったようだった。不具合とは、そのことかもしれない。それとも、それはまたべつの問題なのだろうか。

「見せなよ、写真」

最近、機種変更したばかりのスマホを、父親に自慢したいのかもしれない。そう思って春生が促すと、

「ああ」

一度うなずいた息子は、もったいをつけるように、

「あ、でもやめよっかな。おやじ泣くから」

と言った。

「え？　泣かないよ、泣くもんか」

コーヒーカップから口を離すと、春生は慌てて答えた。

泣く、と予測されるからには、見せてくれるのは久里子の写真だろう。そういうことなら話は違う。そこに久里子の写真があると考えただけで、すでに春生の期待は自分の頭を越え、天井近くまで高まってしまう。

よかった。今日は無理に久里子の話題を持ち出さなくて。

なんだ。亜土夢も久里子の話をしたいんじゃないか。

しかもスマホに写真だなんて。意外に可愛らしい。

「大丈夫、絶対泣かないから。見せなって。見せなさい」

今さらやっぱり見せないなんていうワガママは通らないぞ、おまえももう高校生なんだから、とばかりに、春生はきつく言って息子を促した。さすがにそこまで見得を切ったからには、自分も大人として、ちゃんと泣かない覚悟はできている。

じゃあ、と亜土夢が手元でなにか操作し、差し出したスマホには、病室での久里子の姿

が写っていた。

見覚えのある薄いピンクのパジャマを着て、やさしく微笑んでいる。だいぶ痩せて目が落ちくぼんでいたけれど、そのシリーズの写真は、息子にプリントしてもらったものを春生もたくさん持っていた。

もともとは久里子の希望で、久里子と春生、久里子と亜土夢、とツーショットの写真を撮ったのだった。看護師さんには、家族三人で撮ってもらった。

それから亜土夢はお見舞いのたびに、デジカメや携帯で病室内をよく撮るようになった。えー、いまはやめて、と嫌がる久里子ひとりの姿も、いいじゃん、いいじゃん、と気にせずに撮影しまくっていた。闘病中の妻の写真が、思いのほか多く残っているのはそのせいだ。病室で写真なんて、と春生はそのとき思ったし、ときどきはたしなめたけれど、あとになってみれば、どこにいても家族の姿は愛しいものだった。

もちろん、これまでに何度も何度も何度も見返した写真だったから、とりあえずその姿を見せられるのは、春生にとっては覚悟の範囲内だった。

久里子だ、久里子。

おー、久里子。

病気で可哀想に。

でもきれいだよ、と春生は泣かずに目を細めた。

その様子を見た亜土夢が、スマホの画面を指先でこすり、次の写真にした。

どうしてそんなものをいきなり見せるのだろう。春生は予想外の写真に、わっと声を上げて泣いた。この一年数ヵ月で、少しずつこらえられるようになっていた感情が、すべて目の奥から体外へと、水分とともに流れ出して行く。とても五十歳の男とは思えない、号泣だった。

「秒殺か」

亜土夢の少しあきれたような声が聞こえた。

秘書課の三浦さんが、奥様に、と可愛い記念切手を分けてくれたのは、もうひと月ほど前になるだろうか。

あのとき代金は受け取ってもらえなかったし、お礼になにかお菓子でも贈ろうかと、考えるまま日にちばかり過ぎてしまうのも、サラリーマンとしてやっぱりだらしがない。

久里子が生きていれば、もっと早くにお返しをしただろうと春生はあらためて考え、よし、どうせならちゃんと本人の好みを訊こうと秘書課に内線をすると、月曜日、三浦さんはちょうどお休みを取っていた。

担当する役員が、出張でもしているのかもしれない。

べつに急ぐ用でもないし、またあらためて連絡しますと伝えて電話を切ったのだけれど、翌日、午前中の早い時刻に彼女のほうから連絡があった。

わざわざ申し訳ないと謝ってから、切手のお礼のことだと切り出す。

「いいですよ。そんな、お気になさらないでください」

最初、三浦さんはだいぶ遠慮したふうに言ったけれど、

「そう言わないでよ。きっと女房にも怒られちゃうし」

いない久里子まで盾に取って、できれば希望を教えてくれるよう春生が頼むと、

「じゃあ、食事に連れて行ってください」

意外に大変そうなことを、彼女はさっぱりと明るく言った。「じつは行きたい天ぷら屋さんがあるんですよ。だいぶ並ぶらしいんですけど。天丼(てんどん)が、安くて美味(おい)しいって」

「お昼?」

「いいえ、お昼だときっと戻れないんで、できれば夜に。いいですか、そういうのでも」

「いいよ」

天丼、というのも、ダイナミックな美人の彼女には似合うかもしれない。お店の名前は、人名らしい漢字五文字で、春生も前に聞いたことがあった。手近なカレンダーを見て、今日をふくめて都合のいい日をいくつか伝えると、少し考えた三浦さんが、

「じゃあ今日にします」

と、またずいぶんな速球を胸元に放(ほう)り込んで来た。今日、彼女はちょうど天丼を食べた

い気分だったのだろうか。もともと自分が候補に挙げたくせに、春生はいくらか面食らった。

「じゃあ今日」

と電話を切った春生は、

「行ったことある？」

部下の大橋君に店の名を伝えて訊ねた。いかにも油物に目のない体型をしている彼は、

「ありますよ」

パソコンのキーボードを素早く叩きながら答えた。忙しいところに声をかけてしまっただろうか。春生が反省しかけると、その心を読んだように、指先の動きを止めて、笑顔でこちらを見た。「行くんですか」

「うん。……混むんだって？　だいぶ並んだ？」

「並びましたね、あのときは……一時間半くらい？」

「一時間半？　ずいぶんだね。夜？」

「それは、えっとお昼に」

「大橋君、それはちょっと長いお昼休みなんじゃないかい？」

いきなり上司ぶって、分厚い肩をぽんと叩く。もちろん状況もよくわからないし、本気で責めるつもりでもないけれども。「それで、食べたのは天丼？」

「はい。っていうか、メニューは天丼しかないんじゃなかったかな」

「そうなんだ。美味しかった？」

「美味しかったすよ」

「ほお」

春生が感心していると、大橋君はまた素早くパソコンのキーボードを叩く。お店の紹介ページを探してくれたらしい。

「加部さん、メールしときました」

「お、ありがとう」

室長、という役職ではなく、あえて苗字(みょうじ)で呼んでもらっている春生は自分のデスクに戻ると、送ってもらったURLをすぐにクリックした。

お店の前には、ずいぶんな行列ができていた。

最後尾を確認して列につき、それから様子をうかがう。路地の角にある、こぢんまりしたお店だった。春生たちが立ったのは路地を曲がった先、お店の入口にほど近い位置だったけれど、そこから入店するまでには、一度お店の端まで戻って、折り返して来なくてはいけない。

ざっと見て来たところでは、全部で二十五人ほどは待っていそうだった。お店沿いの一列にだけ、椅子が並べてある。時間的に会社帰りの人が多いみたいだったけれど、入口に近いほうには、学生っぽい若いカップルや、高齢なご夫婦、主婦層とおぼしきご婦人の二人連れ、三人連れも見受けられた。

「なかなかのもんだね」

春生は感心して言った。混む、と最初に聞かされていなかったら、さすがに尻込みしていたかもしれない。でも逆に大橋君が一時間半並んだらしいという、ほぼ限界に近いような話をしながらここまで来たから、三浦さんとの関心は、その記録をどれほど下回るか、または上回ってしまうか、というほうに向かっていた。

「これくらいだと、一時間はないんじゃないかな。四十分くらい？」

「うーん、私の予想は一時間ですね」

三浦さんは言った。

「一時間か」

「あ、すみません、大変なところにお誘いしちゃって」

「いや。ちょうどいいよ。今から並んでると、晩ご飯の時間にぴったりになるさ」

のんびりとした春生の言葉に、三浦さんは口角をきれいに上げて笑った。さすが、入社以来、ずっと秘書課勤務の人だ。感じのいい、隙（すき）のない笑顔だった。

ほどよく上品な服装も、詳しいことは春生にはわからないけれど、きっと選び尽くされたものなのだろう。

そういえば、社員証を首から下げていない三浦さんを見るのはめずらしい。ずいぶん久しぶりだという気がした。

いつ以来だろう。久里子のお通夜に来てくれたときだろうかと思い出し、うっ、と春生は目頭を熱くした。でもよく考えれば、それから後も、出勤途中に顔を合わせて、会釈をしたことくらいはあったかもしれない。

「どうされました？　お疲れですか」

「いや。ちょっと目にゴミが」

春生は目頭を押さえたことへの、ありふれた言い訳をした。

和風モダンといったテイストで造られた店舗の中は、一階がカウンター席ばかり、二階にテーブル席がいくつかあるようだった。はじめて来るお店なのに、そんな下調べは簡単についてしまう。便利な時代になったものだと思う反面、ある程度は不便な時代を知るせいだろうか、べつにそこまで便利じゃなくてもいいのに、と春生はまた少し思った。

出入り口のドアからちょっと戻ったところ、今は人の列に前をふさがれている木の引き戸には、周囲の焦げ茶の化粧柱と同じ太さで、もっと薄い色の木がはめられている。本来は一階のカウンター席の出入りに使う木戸なのかもしれない。生成りの、粋なのれんがかかったその戸の脇に、お土産の天丼を作ります、と書かれた張り紙が見えた。

一つ誂えて、亜土夢に持ち帰れば喜ぶだろうか。

それとも予定外のお土産に、は？　もう食べたよ、と面倒くさそうに言うだけだろうか。

今夜はそれぞれに食事を済ませようと、とっくにメールで連絡をしてあったけれど、もう少し時間の目処が立ったら、お土産がいるかどうか、あらためて亜土夢に訊いてみようと春生は思った。

まだ五時台だった。

落ちかけの日が、思いのほか強く顔に当たっている。この前は午後のオフィス街をさっそうと歩いた三浦さんが、今日はバッグから折りたたみの日傘を取り出して、慎重な手つきで広げ、春生のほうに差し掛けてくれた。

「いいよ、こっちは平気だから」

春生は言った。それより三浦さん、ちゃんと自分をガードして、とつづけるのは、やはり失礼にあたるのだろうか。たぶん失礼なのだろう。雨の日なら、その言い方で平気なのに。春生はぎりぎりで言葉を呑み込むと、かわりに日傘を持つと申し出た。

「いいえ、大丈夫です」

「いや、持つから」

「いえ、いいえ」

「持つって」

「は、ありがとうございます」

奪い合った日傘の相合い傘で、健康的な美人とふたり。

春生はどこか不思議な気持ちを覚えながら、とりあえず日傘を彼女の具合いいほうに傾け、まだ先の長そうな列が進むのを待つことにした。

3

いかめし、かきめし、北海手綱。

梅ヶ枝餅（うめがえもち）、一六（いちろく）タルト、赤福。

久里子とはよく新宿のデパートで、駅弁大会の行列に並んだ。

正確には、有名駅弁と全国うまいもの大会、という名の催しらしい。

文字通り、全国各地の有名な駅弁とうまいものが（空輸されてきたものも含めれば、最近では二百種類ほども）一堂に会する大きなイベントなのだけれど、実演というかたちでつぎつぎ作られるお弁当や、ご当地グルメの逸品を買い求める人たちで催事場はごった返し、特に人気の駅弁を手に入れるためには、混雑する会場を外れて、裏の階段にずっと並ばされるのが普通だった。

そこまでしてお目当ての駅弁を買うというのも、ときには楽しかったし、さすがにこれはひどい、とあきらめてべつのお弁当を探すのもまた楽しかった。二十年以上もそんなふうにして、春生は一月の中旬に催されるそのイベントに親しんで行った。

もともとはまだ結婚する前、旧姓の橋本だった久里子に誘われてはじめて訪れたのだった。それまでは、ただ存在を知っている、というだけの催しだった。

当時、久里子とは再会して日も浅く、まだ昔なじみの、友だちの域を出ない付き合いをしていたのだけれど、都内でも小さな支店勤務で、あまり営業成績のよくない、どちらかといえばダメなサラリーマンだった春生は、クビになるのが先か、辞表を書くのが先か、とにかく毎日のように上司に叱られてばかりいたから、きっとそのときもくさくさ、くよくよしていたのだろう。

「ね、加部君。今から駅弁食べに行こうよ」

二十七歳だった久里子に、まるでカンチを誘う赤名リカのような奔放な口ぶりで誘われ、春生はふだん滅多に行くことのないデパートの催事場に足を踏み入れたのだった。気の利く久里子が気晴らしに誘ってくれた「全国」に、春生は感激した。そこには、あまりにもたくさんの美味しそうなものが並んでいた。

久里子と笑いながらそれを見て歩くのは、とにかく楽しかった。

どれを買おう、なにを食べようか、と話し合えば、塞いだ気持ちが嘘のように晴れて行くのを春生は感じた。

もっともそれは駅弁ではなくて、全然べつの催しでもよかったのかもしれない。明るい久里子がそばにいることを、大切だと意識したのは、たぶんその日がはじめてだった。

それから少しずつ、お茶を飲んだり、食事をしたり、映画を観たりする回数が増えて行き、ほどなくお互いの好意をはっきり確かめ合うことにもなったのだけれど、いよいよ結婚前提の交際をしていた翌年も、やっぱりふたりで駅弁大会を訪れた。

どこか旅行に行きたいよね、でもお金ないや、それに仕事が、なんて話しながら、じゃあ駅弁だ、とふたりで決め、デパートの七階催事場に来たのだった。

二年連続、と思ったことと、こうやって久里ちゃんと毎年来るのがいいな、と夢見たことを春生は覚えている。

やがて結婚して亜土夢が生まれ、春生も徐々に仕事がうまく行きはじめ、本店勤務になり、役職がついて忙しくなると、楽しい駅弁大会に行くのも、毎年必ず、というわけにはいかなくなった。とはいえ毎年その時期になれば、とりあえず駅弁の話題は絶対に夫婦の口にはのぼったし、わざわざ新宿へ出向くという久里子に頼んで、お気に入りのお弁当をひとつ買って来てもらった年もある。

ただ、春生にしてみれば、やっぱり自分も行きたい、覗きたい、参加したいという意識は強く持っていた。冴えない生活を変えるきっかけになったようなイベントだったし、ゲンをかつぐ、という考えもなくはなかったけれど、それよりも単純に好きだったのだろう。

実際、不参加が二年つづくことは、これまで一度あったか、なかったかというくらいだ。

小さいころから引っ越しが多くて、はっきりとした地元を持たない春生にとって、それはひとつ、馴染みの縁日のようなものになったのかもしれない。

亜土夢がちょろちょろと落ち着きのなかった小学生のころは、はぐれないようにと気をつけながら夫婦で手分けしていろいろな列に並び、暑いとか長いとか飽きたとか俺あっちに並ぶとかぐずる息子をなだめ、座らせ、ソフトクリームやお団子を買い与えては食べさせていた。会場内には、簡単な椅子のほかにも、買った駅弁をさっそく開いて食べられるような休憩スペースが何ヵ所か用意されていて、その中でも特に目立つ一つ、緋毛氈の敷かれた広い休憩台には、まさに老若男女がひしめき、詰め合い、肩を寄せ合いながら、それぞれの選んだ駅弁を開いていた。

みんなが上を向いていれば、きっと春のお花見のような光景だっただろう。でもだいたいは自分のお弁当の中身を吟味しているか、人の食べる珍しい駅弁への関心を隠さずにいたし、そうでなければ、ようやく抜け出して来た人混みのほうに、楽しげな視線を向けていた。

亜土夢が中学生になり、生意気に自分の用事優先で一緒に来なくなってからは、春生と久里子は会場に到着すると、まずはじめに手頃なひとつを買い、それで腹ごしらえをすることに決めた。そのあと本格的な買い物に臨めば、多少の行列も、ちょうどいい腹ごなしになる。そんな落ち着いた、大人の買い物スタイルに到達したのだった。

もちろん、四十代後半にして、いきなり大人になるわけでもない。これまでもそうしたい思いはあったのだけれど、どうしても小学生を連れていると、到着の興奮でまず会場内を全部見て回りたがる。そのくせ見て回っていると、急に疲れたと騒ぎはじめる。とにかく春生たちがその意志に反することをしていると、ぐずる、騒ぐ、すねる、逃げる、と結局面倒で、落ち着かないことになるのだった。

「春さん、なに買う?」

十何年ぶりかにふたりきりの駅弁大会で、久里子はまず春生に訊いた。加部君、と呼ばれていた時代を、春生は少し思い出していた。

「ん、なにかお勧めは?」

「ふぐのお寿司、かな。そんなに並んでないし」

「いいね」

もっとも、いよいよ到達したその大人スタイルが実践されたのは、亜土夢が中学一年と二年の、たった二回きりしかなかったけれども。

「春さん、今年はなに買う?」

最後の駅弁大会で春生に訊いた久里子は、なんとなく風邪気味のようなことを言うほかは、いつも通り元気だったし、そんな重い病気にかかっているとは、まだ夢にも思わなかった。けれどわずか数日あと、一月の半ばにはひどく体の不調を訴えるようになったのだから、もしかすると本人は、体調の悪化を十分に感じていたのかもしれない。

「お勧めは？」

「ふぐのお寿司、かな」

久里子は微笑むように言った。

「えー？　去年もそうじゃなかった？」

「だって好きなんだもの」

七個入りのをひと折り買い、込み合った休憩所に陣取り、透明なふたを醤油皿がわりに、ポン酢を入れ、ちょんとつけて食べる。とらふぐのぷりぷりの白身がのった握り寿司の、淡く上品な味わいを、春生はこれから先ずっと忘れることはないだろう。

「おいしい」

と頰をほころばせた久里子と、タブロイド大で四ページにもわたる会場案内のチラシを広げ、今後の展開をあれこれ考えるのも楽しかった。

一日の個数限定で、早い時間に売り切れてしまうお弁当もたくさんあったし、一緒には来ないくせに、自分にもお土産があって当然と思っているらしい息子もいた。スイーツや乾き物なんかもたくさん買っておきたい。

ひっぱりだこ飯、鯨カツ弁当、たらば寿し。

釜揚げしらす、マルセイバターサンド、玉子入りいか焼き……。

ごま油の香りが、お店からほのかに漂って来る。

二階のテーブル席に案内されるまで、結局五十分ほどかかった。

春生たちのあとにも、ずっと同じくらいの列がつづいていたから、今日の夕食時の待ち時間は、だいたいそんなものだったのだろう。並んでいる間に天丼のご飯の盛り方と、お椀(わん)の注文の有無を聞かれていたので、あとは瓶のビールと、いくら待ってもメールの返事が来ない亜土夢のためにお弁当を頼んでおく。食べるだろう。きっと。高校生の食べ盛りだし。

息子のお昼のお弁当は、高校に入ってからは春生が作っていたのだけれど、わりと学食が充実している学校なので、お昼代をくれたらそこで好きなものを食べるからいい、おやじも毎朝大変っしょ、と二学期になってすぐ、体のよい厄介払いをされたのだった。

いやいや、全然大変じゃない、と春生が強く言っても、いやいやいやいや、大変だって、お金でいいから、俺、マジで、明日から、と息子は絶対に譲らなかった。春生が調子に乗って、キャラ弁当の本を買ったのを見られたのかもしれない。

長い髪を留めた三浦さんとビールで乾杯をする。

横並びで座ったので、こつん、と小さな乾杯だった。

席は広めの四人がけで、そのぶんはじめから織り込み済みなのか、特に断りもなく、年輩女性の二人連れと相席だった。先に天丼の届いた女性二人が、丼から大きく飛び出した天ぷらに驚きの声を上げる。春生たちも一緒に感心の声を上げ、短く四人で話をした。

海老（えび）天が二尾。大穴子の天ぷら。さらに、小柱のかき揚げ。ししとう、海苔（のり）の天ぷらも見える。本当はもう一つ、半熟玉子の天ぷらが入っていることでも有名な天丼だそうだけれど、もちろん相手が知らないといけないので春生は伝えなかった。事前に調べてこなければ、春生自身も知らなかったし。どうせなら知らずに食べたほうが、驚きが大きくていいだろう。

じゃあお先に、と二人が食べはじめたので、春生はまた三浦さんとの会話に戻った。いい具合にお腹（なか）がぺこぺこになっていて、五十歳にして、この大天丼でも一気に食べられる気がした。三浦さんもそれを食べるために、お昼はヘルシーにアサイーボウルで済ませたと言う。

「アサイーボウルって？　アサイーのボウル？」

春生が素直に質問すると、

「はい、そうです」

と三浦さんが言った。確か大学時代にミズーリだかオハイオだかに留学経験があるはずだった。

「って俺、アサイーがわかんないけど」

「あ、フルーツです、ブラジルの」

と三浦さんは答えた。ポリフェノールがいっぱいで、健康にとてもいい果物らしい。ちょっとブルーベリーに似ている感じ。

「苦手かも、俺」

微妙な酸っぱさを勝手に想像し、春生は笑いながら言った。

4

病院で息を引き取る何日か前、久里子は家に帰ると言った。

深夜、がばっと上体を起こすと、かえる、わたしいえにかえる、と言い、腕や鼻につけられたチューブを自力で外そうとしたのだった。たぶん意識はもうろうとしていたのだろう。付き添っていた春生は急いで体を寄せ、大丈夫、大丈夫だよ、となだめ、腕を押さえたのだけれど、すっかり細くなった彼女の腕に、そもそもチューブを引き剝(は)がす力なんて残っていなそうだった。

ベッドから体を起こした勢いが、残されたすべてだったのかもしれない。

「帰ろうよ」

と、言ったのは亜土夢だった。ちょうど休日の前で、病室に一緒に泊まったのだ。ターミナルケアの個室だった。音楽だかラジオだかをイヤホンで聴きながら簡易ベッドで寝ていたくせに、いつの間にか、立ち上がってこちらを見ていた。

「そうだな」

息子のほうにちらっと視線をやり、春生は答えた。春生もどうせだったら、そんな妻の願いをかなえてやりたかった。きっと意思表示をできるのも、そんなに長い話ではない。彼女を病院に縛りつけているすべてを引っぺがして、背負って車に運び、亜土夢と三人で家に帰ろう。和室にいつもの布団を敷いて、久里子に寝てもらおう。

でも、それを実行には移せなかった。抱きしめた妻が十分に落ち着いたのを感じると、彼女をゆっくりとベッドに寝かせた。

「帰ろうよ」

もう一度口にした息子に、春生は小さく首を横に振った。自分も亜土夢の年だったら、無茶を承知で突っ走っただろうか。それともこの年齢だからこそ、おそらく数日の延命よりも、家に帰してやりたいと本来なら決断できたのだろうか。でも春生は久里子と離れたくなかった。何日か。何時間か。何分か。何秒かでもいいから長く生きてほしい。その間にどんな奇跡が起きるかもしれない。だから頑張れ、と春生は妻に話しかけた。

お掃除ロボットの不具合は、とりあえず自分でベースに戻らないといったことではなかったらしい。

日曜日の夕方、荷物が届いたことを電話で伝えたついでに春生が質問すると、「あら。春生と二日つづけて話すなんて」

五十三歳の姉は、本当にどうでもいい感想を述べたあとに教えてくれた。「なんかねえ、その場でくるくる回るだけで、真っ直ぐ進まなくなるときがあるのよ。そうなる前に中をこまめに掃除しておくといいっていうんだけど、でもさあ、そのために、Rの中を、他の掃除機で吸うっていうのよ？　どう思う、それ。ちょっとへんよね」

「そうかな」

「だって、掃除機を掃除機で掃除するって」

姉は嬉しそうに言ったけれど、あまり春生の同意が得られないと判断したのか、

「で、なにかそういう感じあった？」

と話をスキップした。

「なにかって？」

「おかしな動き。くるくる回るような」

「そういうのは、なかった」

春生は思い出して答えた。

とはいえ、おかしな動きをするようになったら中を開けて掃除してね、という話なのだから、その場でくるくる回るような不具合だということくらいは、昨日のうちに詳しく教

えておいてくれてもよかっただろう。春生がそんな抗議をすると、

「だって実物を見てからじゃないと、細かいこと聞いてもわからないでしょ」

姉がきっぱり言い、やはりこちらの強気な言い方のほうが、付き合いの長い姉という気がした。弱気だったり、春生を持ち上げたりするのは違う人みたいだった。

「遊園地のゴーカートみたいだよね、あれ、ちょっと」

春生は少し話題を変えた。二日つづけて姉と話をするなんて、確かに最近ではめずらしいことだとあらためて思った。思い浮かぶのは、親戚のお通夜と葬儀のときくらいだ。もちろん、久里子が他界したときも、姉はそばにいてくれた。「がしゃん、ってぶつかるところ。小さいころ、乗ったでしょ」

「乗ったね、あんたがすぐ私にぶつけてくるやつね」

「あれ、誰と一緒に乗ってたっけ」

「さあ。誰かと乗ってた？」

「なんか大人と」

「じゃあ、両親じゃないの」

電話の向こうの姉の、大変あっさりした答えに、

「そうだろうね」

と春生も同じ軽さで応じた。それ以上詳しいことは、きっと知らないと答えるだろうか

ら訊かなかった。

「あんたって、どこに行っても、お姉ちゃん、お姉ちゃんって。本当にしつこくくっついて来たのよ。覚えてる？　いつも春君と一緒だけど、お姉ちゃん、紐でしばってるの？って隣のおばちゃんに、よくからかわれたんだから」

「そうなんだ」

「そうよ。そういったいい話は、あんた、ちゃんと覚えてなさい。これから自分史を書くような年になるんだから」

謎の命令を下され、春生は了解して電話を切った。それからお掃除ロボットRのところへ行き、裏側の隙間を、べつの掃除機で吸っておいた。説明書にも書いてあったとおり、ゴミを捨て、ブラシを外してきれいにし、センサーの部分を綿棒で丁寧に拭いておく。ここまでして動きがおかしくなるようだったら、本体の中に入り込んだほこりを除去すればいいのだろう。

直すよ、こいつは。

俺が、絶対に。

今さら願掛けにだってなりもしないことを承知で、春生は考えていた。

深そうに見えた丸い丼が、ちょっと上げ底になっていたことに春生は逆にほっとした。

天ぷらが上にあれだけはみ出して、ご飯が下までぎっちりではさすがに手に負えなかっただろう。大盛りではなくて、普通盛りを頼んだのだったし。もっとも、天ぷらは海老も大穴子も素材の甘さをたっぷり感じさせたし、タレの味もさらりとしていたから、見た目で怯むよりは、ずっと箸が進む。

さすが、一時間待っても食べようと思う人が絶えないわけだ。三浦さんともそう話して、納得し合った。お昼をアサイーとバナナの盛り合わせで済ませたという彼女は、とろりと黄身が溶け出す玉子の天ぷらに感激している。スタイルがいいのになかなかの健啖家で、五十代とはいえ男の春生と、だいたい同じペースで大きな天丼の中身を減らして行く。

さすがにお腹がふくれるので、ビールは最初の一本でやめ、あとは黒豆入りのほうじ茶を飲んだ。相席の人は、途中から若いサラリーマンに替わっていた。いかにもクールビズといった半袖シャツを着て、一人でスマホをいじり、備え付けのガリごぼうを、小皿に山盛りに取って食べている。

「おいしいものはいいね」

ごちそうさま、と完食したあとで春生は三浦さんに言った。

「いいですね、私も大好きです」

三浦さんも見事に完食している。春生は自分の前にあったポットから、彼女のぶんもお茶を注いでから、ゆっくりと湯飲みに口をつけた。

おいしい、と小さくひとりごちてから、今は実際の連れがいるのだったと少し恥ずかしくなった。

「久里子が好きなんだよね、ほうじ茶」

女房ではなくて、名前で呼んだ。

「奥様のこと、本当に大切に思われてるんですね」

三浦さんが髪を留めていたクリップを外して言った。それだけの動きなのに、ふわっと女の人の甘い香りが漂って来る。

「あ、うん。大切」

春生はちょっとどきっとしてうなずいた。久里子のことに関しては、しつこく話しすぎて、最近では姉や息子から攻撃を受けるばかりだったから、口にして鬱陶しがられないどころか、褒められるなんて新鮮だった。

「西沢部長もお親しかったんですよね。奥様と」

「そう。昔ね。一時期よく一緒に遊んだから。ライブ行ったり、サッカー見たり、賭け卓球したり」

「賭け卓球……」

「百円とか二百円ね。こっちが結婚したころかな。西沢は前の奥さんと別れてすぐで、寂しかったんじゃないかな。あ、これ内緒ね」

彼女が言う西沢部長は、春生とは同期入社の友人だった。べつべつの支店に勤めていた時期も、よく連絡を取り合っていた。

「はい。でも私、ちょっとおしゃべりなのかもしれません。よく考えたら今のも、部長に口止めされてました」

「どれが」

「加部さんの奥さんのこと。親しかったって」

「え、わざわざ口止めするほど親しいって？　それは知らないなあ。なにかそういうの、あったのかな」

春生は湯飲み茶碗をテーブルに置いて訊ねた。慌てたせいで、ぴちゃっとお茶が縁にかかって垂れる。

「いいえ、間違えました」

「なに？　やめてよ」

「口止めされたのは、奥さんを亡くされてから、加部さんの元気がないって心配されてたことでした」

「言っちゃってるじゃない」

「……はい」

「でも、いいじゃん、それくらい。言っても。ねえ」

「きっと、加部さんが嫌がられるかなって」

「そうかな。俺、全然嫌じゃないけど」

春生は素直な気持ちで首を横に振った。同期入社の会社員としては、相手に弱みを見せるとか、情けをかけるとか、かけられるとかはタブーだったのだろうか。でももうそういう立場でもなかったし、若い頃のぐずぐずを知っている同士、もともとそういう付き合いでもなかったはずだけれども。

「加部さん、会社、おやめになるつもりじゃないですよね」

「なんで」

「西沢部長が、そう心配されています」

「西沢が」

春生は小さく首を傾げた。「そんなつもり、全然ないよ。え、なんかクビとかそういう話なんじゃないの。っていうか三浦さん、喋りすぎだから、それ、気をつけて」

笑顔で注意をすると、
三浦さんが途端に大きく眉根を寄せたから、

「ごめんなさい」

「ごめん、こっちこそ。会社みたいで」

春生は謝って、湯飲みに少しだけ残っていたほうじ茶を軽く飲み干した。

日曜日に春生が亜土夢に見せられたのは、棺の中の、最後のお化粧を施された妻の顔だった。

泣きおやじの春生でなくても、涙腺決壊は当然だっただろう。わずか一年ちょっと前の、最愛の妻が亡くなったときのあれこれが、写真を見た途端、一気に襲って来たのだった。

「お前、なんてもの見せるんだよ」

嗚咽まじりの抗議をしている間も、春生の目から涙は溢れつづけていた。久里子を助けられなかった。頼りにされていたのに。助けてやれなかった。ずっとその思いは春生の胸の中にあった。もうこんなときは、格好いいも悪いもない。息子の目も気にせずに、春生は泣ききることにした。うおお。うおおお。くうう。くううう。野獣のような声が自分の耳に響く。

「そりゃまあ泣くよな」

ぽつり付け足したような息子の言葉に、やがて春生は、鼻をすすりながら顔を上げた。は？　と息子にきつい視線を向ける。どういう意味だろう。久里子が亡くなったあと、亜土夢がいろいろな場所、最初に棺の運び込まれた自宅や、寝ずの番をした小さなメモリアルホールなんかで写真を撮っているのを、春生は強い愛情からだろうととがめなかった。でもあまりふざけたことを言うようだったら、なにか言い返してやらないといけない。

妻の夫として。

息子の父親として。

泣き虫の春生がそう覚悟していると、

「俺も見て泣いたから」

亜土夢のほうも、父親を見返して言った。ぶっきらぼうな言い方なのは、やはり反抗期だからだろう。「機種変したあと、写真のデータ見たら出て来て」

「そうか」

春生は目をこすりながらうなずいた。亜土夢も久里子のあの写真を見て泣いたのか。それは当然だろう。「あれか。やっぱり秒殺だったか」

「あ? そうだね。見た瞬間、だーっと」

日曜の午後は息子と二人、そんな泣き話をして過ごしていた。

5

お店を出ると、入店待ちの列はさっきより少し短くなっていた。

でも今から天井にありつくまで、まだずいぶん待つだろう。そう思うと、自分たちも通って来た道だけに同情する。

ただ、これからおいしいものを食べられるのだからと考えれば、むしろ祝ってあげたい気分にもなった。

「よく来るの？　ああいう行列の店」

その場を離れて、春生はようやくその質問をすることができた。お店にいるあいだも、お客さんは全員行列組だ、なかなかそこまでは訊けなかった。

「はい。好きなんです」

三浦さんはきっぱりと答えた。「安くておいしいもの食べるのが」

「安くて、おいしいものか」

春生は感心した。ずいぶんしっかりした方針だった。「いいよね、それは」

「いいですよ、安くておいしいもの」

三浦さんは繰り返した。唇が少し光って見えるのは、いつの間にかグロスを塗ったのか、それとも天ぷらの油なのか。「でも混んでるんですよ、そういうお店」

「だろうね」

春生は微笑んだ。それは自然の理だった。

「最近、会社の子が滅多に付き合ってくれなくなって。行列フェチとか言われてるんですよ。ひどくないですか」

「フェチってさあ」

年の差は十五歳ほどだけれど、言葉のイメージや使い方はだいぶ違うのだろうか。

「だから、ひとりで並ぶことが多くて。今日は付き合ってもらえてよかったです。すみません、一時間近くも」

「いえいえ」

切手のお礼になにか、と誘ったのはこちら、と春生はあらためて丁寧に言った。

そうやってツーブロックほど並んで歩き、彼女が使う東京メトロの入口まで来た。

「ここで大丈夫？」

春生が訊くと、三浦さんはうなずいたけれど、

「また一緒に行きませんか」

言いそびれては困るというふうに、早口になった。「どこか。安くておいしいお店に」

「並ぶお店？」

「はい。行列店に」

よほど行列仲間がほしいのだろう。それとも妻に先立たれて弱っている男を、哀れに思ってくれたのだろうか。

彼女は二十代後半のとき、結婚式を挙げたものの、そのまま入籍せず別れた、という経験があるはずだった。バツ一じゃないですよ、バツ半分くらいです、と前に本人から聞いたことがある。三十代も半ばを過ぎれば、もちろんみんな、いろんな経験があるものだろう。

「いいよ、俺でいいなら」

「やった。ほんとですか」

「うん、大橋君も誘おうか。彼も並ぶ口らしいし」

「いえ、大橋さんはちょっと」

三浦さんは困ったような顔をした。

「ダメなんだ？　大橋君。いいやつだよ」

グラビアアイドル好きだけれど、という言葉は呑み込んでおく。

「なんか、その年頃の人がいると生々しくなるんで」

なるほど。春生はちょっと枯れて見える年輩の男性、というカテゴリーに入っているのだろう。奥さんのことをつつくと、すぐ涙ぐむし、とか。少なくとも生々しくはないのか。

「ごちそうさまでした。おやすみなさい」

やがて三浦さんがいつもの会社での笑顔を春生に向け、きれいなお辞儀をした。じゃあ、と春生は天丼弁当の入った手提げの紙袋を少し持ち上げてみせると、べつの駅へと歩きはじめた。

久里子、たぶんちょっとモテたな。俺。

五十歳なのに。

会社もいつクビになってもおかしくないのに。

でも俺は久里子がいたらいいよ。

久里子にモテればいい。

春生はもういない相手に心の中で呼びかけた。よほど疲れているのかもしれない。壊れてしまったのかもしれない。

信号待ちで携帯を確かめると、亜土夢からメールが届いていた。

タイトルは「Re:」。

メッセージはひと言だけ。

天井いる。

今ごろなに言ってるんだか。それとも春生のメールチェックがただ遅かったのか。いずれにしろ、お土産を誂えて正解だった。

慎重に横断歩道を渡り終えると、若くもないのに、春生は息子宛に返信のメールを打ちながら歩いた。若くもないので、画面は遠くに離して、いつもなら人差し指で打つところを、今日は片手にカバンとお土産を提げているから、まったく馴れない親指を使う。

天井ありま「す」、と打つつもりが「し」になったので、ひと文字直そうとすると、ひらがな全部が消えた。

天井、の二文字を遠く眺め、もう面倒だ、直接電話しようと亜土夢の携帯を鳴らした。

はい、とぶっきらぼうに出た息子に、

「これから帰るよ、天井買った」

伝えると、がーがーがががが、とうしろで大きく機械音が聞こえる。お掃除ロボットRの走る音だろう。

「動かしてるの」

「ああ、うん、でもなんか、ちょっと動きがへんかも」

「どんな」

「ときどきガタガタって。あとくるくる回ったり」

「ふうん、わかった。大丈夫、俺が直す」

姉が言っていた不具合だろう。春生は強く言い切ると、携帯を閉じ、ますます家路を急ぎはじめた。

第六章　しゃぶしゃぶ　久里子（三）

1

ふだん滅多に会うことのない異母弟が、埼玉でレストランを経営している。

彼が今月、県内にもう一軒お店をオープンすると案内をくれた。

異母弟、というのは、久里子がまだ幼いころに離婚した父親と、その後妻さんとのあいだの子供で、六つ年下になる。久里子は母の再婚相手である「父」の子として十分大切に育ててもらったから、その弟や、じつの父親と顔を合わせたのは、ほとんど成人してからの数回だけだった。両者を合わせても、せいぜい十回ほどといったところだ。

そしてそのじつの父親も、八年前に他界した。

実際のところ、弟と一番親しく話したのはその葬儀のあと、精進落としの席でだったと思うのだけれど、せっかくの縁なんだから、これからもっと仲よくしたらいいよ、とそのとき熱心に勧めてくれたのが春さんだった。お姉さんとして、できることはしてあげなよ、と。自分も家族の縁が複雑で、決してうまく行っている仲ばかりではないはずなのに、というより、うまく行かない関係のあるぶん、久里子の血縁にも気を配ってくれたのだろう。そういうこともあってか、（やはり普段会うことは滅多にないものの）今も折々のやり取りはつづいている。今日も久里子は、さっそくお祝いの品を贈りに出たのだった。

　亡き夫の勤め先、最後の日にも働いた本社に近いということは、不思議と出かけるまで意識しなかった。

　ちょっとしたよそ行きの気分で、日本橋のデパートで用を済ませ、ずいぶんしばらくぶりにその界隈を歩くうちに、そうだ、ここらが春さんのいるあたりだったね、とはじめて強く思った。さすがにわざわざ夫のいない会社を見に行くような真似はしなかったけれど、散歩がてら東京駅まで歩くことにすると、いよいよ今日の行動すべてが、亡き夫に導かれてのことのようにも思えて来た。

　十年ほど前に改築された、駅近くの大きなビルディングにふらり立ち寄ることにしたのも、そういえば春さん、ここでお昼を食べることがあるって言ってたよね、と思い出したからだった。

　特にあてもなく、とりあえずエスカレーターで一階から二階、二階から三階を目指す。吹き抜けを取り囲むように、いくつかの休憩のためのソファが見えた。階ごとに、色やかたちを違えたソファを置いてあるのは、最近流行りのスタイルだろうか。どれも応接家具といった立派な、どっしりとしたかたちのものだった。そこから広く幅を取った通路があり、その向こうに小綺麗なショップが並んでいる。

平日のショッピングゾーンにしては、オフィス街の入口にあるせいか、男性客の姿も多かった。ちょうど目についた革のソファにも、スーツ姿の若い男性がひとり座っている。くたっと頭をうしろにもたせかけ、奴凧みたいに大きく脇を開け、ひじ掛けを手でつかむようにして。

春さんもたまには会社をさぼって、あんなふうにしていただろうか。

久里子は想像して微笑んだ。朝、出がけのぴしっとしたスーツ姿と、休日、家でのんびりくつろぐパジャマ姿。両方の春さんを頭の中でミックスしてみる。

もっとも彼は根が真面目なタイプだったので、いくら口では調子よさそうなことを言っていても、近場でこそこそ休みはしなかっただろう。どうしても休みたければ、きちんと休暇を取るか、早退することを考えるような人だった。

やがて銀色のステップが平坦になり、降り口に吸い込まれて行く。久里子はフロアに上がると、そのままぐるりと回り込み、エスカレーターでさらに上の階を目指した。

向きが変わって、すぐ左手には、もっとソファの並ぶ広いホールが見えた。

なんとなく、見下ろし気味にそちらの休憩スペースを目で追っていると、ひとつ、白いソファに春さんによく似た背格好の人が座っていた。

まさか、と思いながら、じっと視線を送ると、いよいよ春さん本人としか思えない横顔が見える。

「わあ」

久里子はどうにか駆け下りようと大きく向きを変えたけれど、すでに何人かうしろにつづいていたし、ちょうど若い女性が並んで乗り込んで来るところだったのであきらめた。かわりにマナー違反を承知で慌ててステップをのぼり、先客の横をすり抜け、すり抜け、すり抜け、上のフロアで、急いで下りのエスカレーターに乗り換える。

春さん、待ってて。

行かないで。

その位置から、さっきのソファが見えないのがとにかくもどかしい。少しでも早く下の階に戻れるよう、どんどん、どんどんステップを下りて行く。

もちろん、相手はもうこの世にいない人だった。

気のせいか、よくてそっくりさん、というくらいのことだろうとは、久里子にだってわかっていた。それでも早く、あの春さんの正体を確かめたい。

春さん。

会いたい。

行かないで。

春さん。

三階に降り立つと、久里子は高いヒールを鳴らして、精一杯走った。近頃は塾でも立ち仕事が多いからと、疲れないタイプの、どっしりしたかかとの靴ばかり履いているのに、今日はめずらしく、よそ行きのパンプスなんか履いていた。

今日にかぎって、と甲高く歌う女声がふいに蘇(よみがえ)る。

ようやく駆け寄った白いソファには、残念ながら、もう春さんの姿は見えなかった。

あれは、ユーミンの歌だった。

今日にかぎって、と自分の間の悪さを嘆くのは。

自分に冷たくした憎い男をいつか見返してやろうと、毎日気合いを入れて着飾っていたのに、ようやく出会ったその日にかぎって、安いサンダルを履いていた、というような歌詞だった。

今日の久里子とは、ちょうど逆だ。

普段履きの靴なら、さらに猛ダッシュでソファを目指すことができたのに。間が悪い。

ふう、と思わずため息でもついていただろうか。

白いソファの前にぼんやり立つ久里子に、あのう、と声をかけて来る人があった。

慌てて背筋を伸ばし、

「はい？」

と見返すと、自分よりひとまわりほど若い女性が、

「加部さん……ですよね」

第一声よりもほっとしたように、笑顔で言った。

久里子をしっかり見て、間違いないと確信したのだろう。久里子のほうも、その相手には見覚えがあった。夫の会社の、秘書課の女性だった。

「三浦です、秘書課の」

「三浦さん、よね。こんにちは」

久里子が名前を思い出すのと、彼女が名乗るのとがだいたい同じくらいになった。三浦さんは、久里子の様子をどれくらい見ていたのだろう。

ヒールをかつかつ鳴らし、もの凄い勢いで、ソファに駆け寄るところを見ていたのだろうか。

「今、ここに、人が座ってたの」

久里子はソファを手で示して、少し探るように言った。夫が、とか、夫に似た人が、とかは言わなかった。「エスカレーターで見かけて、戻って来たら、もういなかったんだけど……。三浦さん、見なかった？」

「お知り合いですか」

「そう。知り合い」

「残念ですけど」

目の大きな、美人顔の三浦さんは、小さく首を横に振った。

2

「近くに来たなら、寄ればいいのに」

西沢君が連絡をくれたのは、三日くらいあとだった。

「うちの三浦くんと会ったんでしょ？　月曜？　あれ、火曜日だっけ？」

はじめにそんな訊き方もしたところをみると、おそらく会ってすぐに三浦さんから報告を受けて、それを思い出しながら電話をくれた様子だった。

つまり、久里子ひとりがよそよそしいように話を進めているけれど、彼のほうだって、話を聞いてから、三日ほどは放置したに違いない。距離の取り方は似たようなものだろう。

「そう？　寄ればよかった？　いきなり？　そんなの大丈夫？」

「もちろん。大歓迎だよ」

「とかいって、にし君、知らん顔するんじゃないの」

「なんでそんなこと」

「だって忙しいでしょ」

「それはまあね」

海外事業関連の部長なので、最近は出張も多いと聞く。直接会えたのは、夫の葬儀の日が最後だった。

それでも法要には、いつも花を届けてくれたし、ひとりでふらっとお墓を参ってくれたこともあったらしい。お礼の電話は、そのたびしていた。

五分ほど、世間話をした。

九月から塾のバイトをはじめたとか、そういうことを聞いてもらう。と、ふいに、

「そうだ。久里ちゃん、来週、四谷にしゃぶしゃぶ食べに行こうよ。豚しゃぶ。どう？」

西沢君が、おいしそうな誘いをかけてくれた。

しかも、いきなり来週。

若い頃、離婚云々（うんぬん）でどんより落ち込んでいた時期はあったものの、基本的には明るくて、のりのいいタイプだった。思いつきをすぐ口にするのも、昔のままだ。

「豚しゃぶ？　四谷？」

べつに一緒に遊んだ思い出の場所とかでもない。

「そう、豚しゃぶ。すっごい美味（うま）いよ。どう？　好きでしょ」

「うん、それは美味しいものは、もちろん好きだけど」

「じゃあ決まった。そうだ。亜土夢もどう？　一緒に」

陽気な西沢君は、人のうちの子供も勝手に呼び捨てにする。

「亜土夢？　どうかな」

さっき学校から帰って来たはず、と居間を覗くとちょうどいたので、

「しゃぶしゃぶ食べに行く？　来週？」

電話の子機を手にしながら訊くと、相手が誰と思っているのか、べつに誰でも関係はないのか、

「行かない」

と愛想のない返事をした。

「高校生だもんな、親と一緒になんて出かけないか」

亜土夢の答えを包み隠さずそのまま伝えると、いかにも元男子高校生らしく西沢君が言った。「じゃあ、ふたりで行こう」

「いいの？」

「いいけど、なにが？」

「ユミちゃん。嫉妬（しっと）するかもよ」

西沢君の若い奥さんのことをからかってみる。彼女は二回り近くも若い、元ミスなんとかだという話だった。

「嫉妬？　しない、しない」

軽く否定されて、ちょっと図々しかっただろうかと久里子は反省した。

というか、これは真に受けていい誘いなのだろうか。

お互いいい年のおじさんとおばさん、社交辞令として、あっさり流したほうがきれいなのか。

さらにそう悩んでいると、

「そこ、最後に加部と行った店なんだよ」

ぽつり付け足した西沢君の言葉に、久里子はまったく逆らえなくなった。


亡くなった夫が、まだそばにいる。そんな感じは、最近ますます強まっていた。

町で見かけるのもそうだったし、家の中でもそうだった。

なにか言いたいことがあるのだろうか。

なにか。

仏壇のある和室で寝ていると、夜半、誰かが廊下を歩く音がした。

もちろん今は二人暮らしの身。はじめは息子が寝ぼけたか、急用かで近づいて来たのだと思い、

「亜土夢？　どうかしたの？」

声をかけると返事がない。それきり足音も消えてしまう。そういうことが先月からつづ

けて三回あった。

今日で四回めだ。

「亜土夢？」

と一応訊きながら、違うのか、じゃあみしみしさんだ、と久里子は思った。

みしみし、みしみしと廊下が鳴るので、みしみしさん。今はとりあえず、その現象を単純にそう呼んでいる。

でも実体は。

春さんなの？

それとも私が疲れてるの？

久里子は布団の中で、そんなふうに自問し、そのうちにまた眠ってしまった。

「どっち？」

翌朝、仏壇の春さんに訊いても返事はない。

念のため、食卓で亜土夢にも訊くと不思議そうな顔をして、

「とにかく俺じゃないから」

自分の立場だけをはっきりさせた。今は恋人の、小田桐（おだぎり）セーラちゃんのことしか頭にないのかもしれない。また大柄で、ぽよぽよとした子だった。それが亜土夢のタイプなのだろう。

みしみしさん、という可愛い呼び方についても、ふん、と簡単に返されてしまった。塾の経営者、友だちの孝美にそのことは言わなかった。みしみしさんのことだ。

仕事の疲れ、と思われても申し訳ない気がしたからだった。同じ理由で、東京駅近くのビルの休憩スペースで、春さんによく似た人を見たことも、特に隠したわけでもないのだけれど言わなかった。

だから普通に元気と思ったのだろう。授業のあと、いつもの通り、コーヒーをいれてくれた孝美は、

「くーちゃん、もう馴れたでしょう。授業増やそうよ」

まったく迷いもなさそうに、自信ありげに言った。この仕事を頼んで成功だったと思ってくれるのは、もちろん久里子だって嬉しいし、ありがたいことだった。でも、一気に話がそこまで進むのはどうだろう。

「増やすの？　藤岡先生のサポート？」

「うん、それもいいんだけどさ。ね。できるんじゃない？　ひとりでも。来年からって思ってたけど。どう？　冬休みから」

「いきなり？」

九月からはじめて、まだひと月ちょっとなのに、無理無理、と笑顔で断っていると、

「でも向いてると思いますよ」

いくつも授業を受け持っている大学院生の藤岡先生が、ふにゃっとしたやさしげな喋り方で言った。「子供たちもよく質問してるみたいだし、加部先生、わかりやすいって」

「でしょう。ほら、チャレンジチャレンジ」

と孝美。

「でも私は、まだサポートのほうがいいな」

「同じだよ、すること」

熱心に勧めてくれる気持ちは嬉しいけれど、よし、わかった、と引き受けるにはまだためらいがある。

「こういうとき、じゃあ春さんに訊いてみるねって切り上げられないの、やっぱり残念だなあ」

久里子はマグカップのコーヒーを飲むと、これは冗談ぽく、さばさばと言った。もともと自分のことや家の中のことを決めるのに、なんでも夫まかせ、というようなタイプでもなかった。

むしろ元同級生だけに、お伺いを立てるというよりは、困ったときに話し合うのが基本。戦後民主主義的、学級会的な仲の夫婦だった。

それでも今こうして先立たれてみると、自分の考えを披露して、それをどう思うか、ちょっとでも相談する相手がいないのはさびしかった。

「だったら、今から春さんに相談してみようよ」

陽気な孝美が、無茶なことを言う。

と思えばいきなり、

「久里子ぉ、やりなさい、それは絶対にやりなさい、久里子ぉ」

ふざけた低い声で言うから、

「やだ、そんなへんな声じゃないよ、春さん」

と久里子は笑った。

3

「DESTINY？　おー、知ってる知ってる。ほこりだらけの車に、ってやつだろ」

待ち合わせたしゃぶしゃぶ屋さんでビールの乾杯をすると、西沢君はくしゃくしゃの顔をして言った。

目尻を中心に、だいぶ皺（しわ）が寄っているけれど、もともと表情の豊かな人だから、面長な男前という印象に変わりはない。仕立てのいいスーツを着ているせいもあるのか、単に肌がつるっとしているよりも、かえって品があるというか、年輪が刻まれてよい年の取り方をして見える。

「指で書いたＴｒｕｅ　ｌｏｖｅ、ｍｙ　ｔｒｕｅ　ｌｏｖｅだっけ、歌詞」

「そう、それ」

「洗車しろ、って俺なら書くぜ、ってよくネタにしてた。大学のとき」

「ぼやき漫才じゃないんだから」

「俺、その曲の入ってるアルバム、同級生に借りたんだったな」

「女子でしょ」

「当たり前だよ。男が男にユーミン借りないよ。なんだっけ、アルバムのタイトル。えーっと。昨晩お会いしましょう、じゃなくて」

「やめて、違うの言われると、もうわからなくなる」

グラスをテーブルに置いた久里子は、慌てて文句を言った。会うなりユーミンの話を持ち出したのは、もちろん久里子のほうだった。Ｍビルで三浦さんに会ったとき、ちょうど知った人を見かけたところだったのに、よそ行きの靴なんか履いてて追いつけなかったの、逆ユーミン状態、ほら、今日にかぎって、って悔しそうに歌う曲あったでしょ、というような話をしているあいだは、もし彼が思い出せなければ、それがＤＥＳＴＩＮＹという曲で、なんというアルバムに入っているのか、つづけてちゃんと説明できるつもりだった。なのに違うタイトルを聞かされるともうダメだ。頭の中に確実にあったはずのものが、他人の簡単なひと言で、すっと消えてしまう。そういう記憶力の衰えを、久里子は意識しはじめてもう何年か経った。

「ほら、やっぱりわからなくなった」

「おーい、久里ちゃんもそういう年かよ」

「同い年だって」

「でも見た目、ほんとに変わらないよな」

「そういうことない？」

もちろん見た目のことではなく、記憶について質問する。

「あるさ。大あり」

西沢君はうなずいた。目尻の皺をさらに深くして、にんまり笑う。お通しのくらげの和え物にちょっと箸をつけ、口に運んでからこちらを見た。「あ、でも思い出した、アルバムのタイトル」

「なに」

「悲しいほど」

「お天気」

ふたりの共同作業みたいに、久里子も急いでタイトルの後半部分を言った。

ななじゅうにねーん。じゅうがつ、ここのーか。

ユーミンの甲高い声で思い出しながら、久里子はほんのりと甘酸っぱい気持ちになった。

十代後半の、恋愛でも生活のあれこれでも、なんにしても本気でのめり込みやすいときに聴いたアルバムだった。

そのころ記憶したものについては、今の基準で見てどうか、今どう思っているか、ということとはべつに、価値が減らないなにかがある。

どんなに時間が経っても、自分にとってだけは特別だという気がした。もちろん自分にとってそうなのだから、今の亜土夢が好きなものも、きっと彼にとっては特別なものなのだろうと久里子はよく思った。

一九七二年。

十月九日。

その日になにがあったか、久里子は正直よく知らないし、当然、十歳だった自分がその日、どうしていたということも全然覚えていなかったけれど、歌が教えてくれるところによれば、ジャコビニ流星群が観測できると言われた日のようだった。

DESTINY、と同じアルバムに入っている、ジャコビニ彗星（すいせい）の日、という曲だった。シベリアからも見えなかったよ、と翌朝弟が新聞を見て言う、といったようなくだりもあったから、流星観測は不発に終わったに違いない。

悲しいほどお天気、というアルバムのタイトルを思い出すと、一緒にその曲の歌詞まで浮かんで来たのだった。

きっと脳の同じところに仕舞われていたのだろう。ふだん利用しない記憶はまとめてどこかに保管してあると、以前、テレビの番組で見たことがある。

「なんか楽しいね、同い年飲み」

少しほっとして久里子は言った。西沢君とは、夫と三人、若いころによく遊んだ仲だったけれど、それでも二人きりで面と向かって、となれば、やはり再会につきまとう面倒なあれこれ、思ったより話が合わなくなっているのではないだろうか、とか、そもそもなんのために会うのだろうか、とか、至近距離で容姿の衰えにがっかりされないだろうか、とか、そういったマイナスのあれこれが思い浮かんで、会うのが少し憂鬱（ゆううつ）、と思わないわけでもなかった。

なにしろ、よく一緒に遊んだのは、もう二十年も前のことだった。その後の会社内でのことは、春さんからいろいろ聞いていても、お互いに仕事ばかり忙しくしていれば、やはり友人というより、会社の同僚という立ち位置にはなるのだろう。ここ十年ほどの付き合いは、わりと距離のあるようなものだった。少なくとも久里子はそういうふうに感じていた。

でも、大丈夫だった。

ぷりぷりの鯨のちょん焼きと、ぶりのお刺身をつまみにして、同い年の西沢君とビールを飲み、どうでもいいような話をするのが楽しかった。

「いつ春さんと来たの、ここに」

ビールがからになって日本酒の熱燗にかえ、七輪で焚くしゃぶしゃぶの支度をしてもらうころには、久里子は早くも、ずいぶんいい気分になった。

「うーんと、二年くらい前かな。全然聞いてない？」

「聞いてない」

「そうなんだ。たまたま会社のエレベーターで一緒になって、どう？　たまには飲みに行かないかって、俺から誘ったのかな。そしたら、お、いいね、って加部も即答して、なんかいいタイミングだったね。やっぱさ、古い友だちだな」

「へえ、コマーシャルとかみたい」

久里子は言った。光景を思い浮かべるだけで、生きた春さんの温もりがそばに甦るようで嬉しかった。

黒い大きなお皿に、薄桃色の豚肉がびっしりと、きれいに盛りつけられている。

もう一枚のお皿には山盛りも山盛り、どんと十五センチほども白ネギがのせられていた。

七輪で焚いた鉄鍋のお湯にその豚肉とネギを泳がせ、さっと肉巻きネギにしていただく。

肉が甘くて、美味しい。

あとはやわらかなお豆腐を入れるだけの、シンプルなお鍋だった。

「どう、美味いでしょ」

西沢君がお銚子をこちらに傾けながら言った。

「うん、美味しい」

「俺たち、たぶんもう今から友だちも増えないからさ、たまにこうやって美味しいもの食って飲もうよ、って加部とは話したんだよ」

「二年前に？」

「そう、ここで」

「早いんだね、新しい友だちあきらめるの」

久里子は笑った。七十、八十歳ならともかく、四十七、八でする話だろうか。

西沢君も笑っている。

「そんなもんだよ、サラリーマンって」

彼が肉とネギをたっぷり食べたので、久里子もつづく。さっぱりした豚肉とネギのコンビは、ポン酢おろしにちょんとつけると、エンドレスで食べられそうだった。

春さんと同期入社の彼と三人、三十歳前後によく遊び歩いたのは、そもそも当時、離婚したばかりの彼を春さんが気づかったのだった。居酒屋、カフェバー、レストラン。狭い新居に招いて、手料理もたびたびご馳走した。西沢君の最初の奥さんは結婚二年で、他に恋人を作って家を出たのだった。もう時効みたいに、そんなきわどい昔話までした。

「今ならもうちょっとうまく行くかな、って思うときはあるね。正直あいつのこと憎んだけど。まあ俺もその頃は、なんでも自分自分だったし。ちょっと悪かったかな」

「すごい、二十年以上も経って、衝撃の懺悔」

「からかってるね」

「うん」

日本酒と七輪の火で頬が火照っている。そろそろお酒は控えようと久里子は思った。

「私の様子がへんだったって、三浦さん、言ってなかった?」

日本酒をもう一本頼むか、豚しゃぶのあとの冷たいうどんはどうするか、そんな相談を西沢君と済ませてから、久里子は訊いた。

「へん、とは言ってなかったけど。ただ、走ってたって」

「うん、走ってた」

「よそ行きの靴で」

「そう」

久里子は言う。「逆DESTINY」

「誰だったの? それ。見かけたのって」

「春さん……。それか、春さんのそっくりさん」

酔いにも手伝ってもらい、久里子は正直に伝えた。

「そうか、そういうことか」

西沢君はうなずくと、もうカラに近いおちょこを、癖みたいに口に運んだ。それから最後の豚肉を久里子に食べるようにと勧めた。もう自分は大丈夫、と久里子は身振りつきで示し、逆に西沢君に肉を勧める。じゃあ、と彼が取り皿を手にした。

「加部が言ってたんだ」

きれいな薄い肉でたっぷりネギを巻いて取りながら、西沢君もちょっと秘密を明かすように言った。

「春さんが？　なにを？」

「前にここで飲んだとき。美味いなあ、これ美味いなあ、くーちゃん、これ好きだろうなあ、って。とにかく、ずっと言ってたんだ。今度連れて来よう、ってうなずいてたから、久里ちゃん、もう来たかと思ってたんだけど」

ううん、と久里子は首を横に振った。

「連れて来る前に、あんなことになったのかな。それか三人で来るか、昔みたいに、って笑ってたから、そんなつもりだったのかあ。あのときは。ふたり、だいぶ酔ってたけどさ。この前、三浦くんが久里ちゃんに会ったって聞いたら、急にそんなこと思い出しちゃって。だから誘った」

小さなビルの二階にある豚しゃぶ屋さんで、古い友だちとそんな話をしていた。

狭い階段を下り、ほんのり灯(あか)りのともった飲み屋街を歩き、路地の石段を登る。

「ねえ、にし君。私、誰に弱音はいていいんだかわからない」

久里子はそんな弱音を西沢君にはいてみた。にし君というのは、よく一緒に遊んでいたころの呼び方だった。

「そんなの、俺に言えばいいよ。昔、迷惑かけたんだし」

「嫌だ、春さんに言いたい」

「酔っ払いだね、それ」

西沢君は笑うと、久里子がよろけないか、気にした風にひじのあたりを軽くつかんだ。

でも大丈夫。今日はかかとのしっかりした靴を履いて来ている。

「春さんがいたら、追いかけなきゃいけないからね」

「オカルトだね、そうなると。それより今日だけ俺のこと、加部だと思えば？」

「無理だよ、違うんだから」

久里子は笑い返す。「って、今のは、もしかして」

「違う違う。口説いてないから。うち、嫁若いし」

「あ、そう。よかった」

二、三時間ほど一緒に過ごしただけで、若い頃の軽口が完全に甦っていた。あの頃はふと落ち込みがちの西沢君を元気づけるために、春さん中心に、よく冗談ぽいやり取りをした。「誰かが死ぬなんて、あのとき全然思わなかったね」

「まあね」

「春さん、私になにか言いたいのかな」

「頑張れ、かな」

「ねえ、にし君。なんでこんなにさびしいのかなあ」

「それはさあ、幸せだったからじゃないの？」

「そうか。そうだね」

狭い道をくねくねと歩いて、遠回りみたいに駅まで歩く。

「ずっとそばにいるわ、って歌詞のユーミンの曲あったね」

「あったねえ。って、今日はユーミンしばりか」

亡き夫の同僚と、そんなことを話していた。

第七章　追分だんご　久里子と春生

1

なあ、おやじ、いい加減にしようよ、と息子にたしなめられた。

休日、午前中からお掃除ロボットRと仲良く家事分担をしているばかりか、よ、いい感じでやってるね、とか、おお、助かるよ、とか、ほら、そっちそっち、とか、疲れたらベースで休んで、とか、ときどき声をかけているのまで見られたからだろう。

「だって、こいつが掃除してくれると助かるんだよ。そのあいだに俺、洗い物とか、洗濯とか、庭いじりとかに集中できるだろ」

もちろん家事の分担をするといっても、Rにはもっぱら床の掃除をしてもらって、春生がその隙に他の家事をこなしているわけだけれども。

ただ、小さな機械ながら、さすがにその道専門のプロ。実際に作業をまかせてみると、Rはとにかくしっかりと働いてくれた。きちんと本体内部の清掃をすませて以降は、特別おかしな動きを見せることもない。一度の充電で一時間から一時間半ほども、リビングから廊下、洋間へと、家の中の開放したフロアを、丁寧に何度も繰り返し回っている。春生のほうが途中、コーヒーをいれてひと休みするくらいだったから、その働き者の平べったい円盤形ロボットには、なによりまず感心と感謝をした。

「それに俺なんかにしてみると、いよいよロボットと暮らす未来が来たか、っていう感覚もあるんだよな。ほら、小さい頃からロボットアニメで育ってるせいで、未来っていうと、自宅にお手伝いロボットがいて、家事をぜんぶやってもらえるイメージがあってな」

　さすがにアニメそのままに、人間型でおしゃべりをするタイプではなかったものの、Rだって人工知能搭載、自分で掃除コースも決める立派なロボットだった。今日もしっかり働いてくれているな、と確認すると、不思議な親近感だって湧く。同じ家の中を快適にキープする仲間として、お互い助け合っている感じさえした。「おかしいか？　そういうの。でも、まあ好きなんだよ、結局、機械系。お前の名前だってさ、未来の少年ロボットから取ったわけだし」

「いや、そういう話じゃないし」

　亜土夢という名前の息子は、不服そうに父親の話を遮った。命名のきっかけだとか、周囲の評判だとか、そもそも今の子は鉄腕アトムをどれくらい知っているのかとか、息子の名前についてはこれまでにもさんざん話し過ぎて、なにを言っても薄い反応しか返って来ないことは春生もよくわかっている。べつに新ネタもない。

「じゃ、なに」

と、やむなく話の先を促した。さっき朝の食卓で、そろそろ銀行の通帳を繰り越しに行かなくちゃいけないんだよな、でも駅前のＡＴＭじゃできないんだっけ、繰り越し、と話したとき、繰り越し……くりこし……久里子……死……と勝手に連想して、うっ、と胸を押さえたことだろうか。

「いや、そういうんでもなくて」

久里子の面影を目元に強く残す亜土夢は、素早く首を横に振ると、

「電気だよ、おやじの部屋の」

と言った。

春生が毎日寝起きをしている和室の蛍光灯は、確かに相変わらずちかちかしていた。スイッチを入れてすぐにちらつくだけなら、器具の故障、または寿命、と春生だって簡単に納得できたのだけれど、一旦ちゃんとついたあとに、まるで春生の呼びかけや意識の揺れに反応するみたいに、ちらちら、ちかちか点滅し、やがておさまることも多いのだった。

それに中の蛍光管を一度替えてもよくならなかった一方で、それきり放っているわりには、ちらつきが頻繁になったり、激しくなったり、いよいよ点灯が難しくなってきたりす

るわけでもない。ずっと不思議な感じのちらつき方をキープしている。

　となれば、やはりそこに久里子がいる、なにか不思議な力が働いている、と考えたほうが、春生の中ではずっと合点がいくのだった。そこは妻が毎日寝起きした部屋だったし、入院中もずいぶん帰りたがっていた。棺も(ひつぎ)ひと晩、安置してあった。今は仏壇だってある。

「新しい天井ライト。あれ、買ってから一回も開けてないよね？」

　滅多に仏壇にも手を合わせないやつ、と春生は思っていたけれど、一応は定期的に和室を覗い(のぞ)ていたのだろう。亜土夢の言う通り、天井ライトの箱はずっと部屋の隅に置いてあった。一度も開けていないどころか、箱にかかった白いビニール紐(ひも)だって外さないままだ。

「今から交換したらいいじゃん。どうせ家のことやってるなら」

「いや、今はいいよ」

「だったら、あとで」

「あと？」

「午後とか」

「……今日はいいよ」

「なんで」

　せっかく好天の休日なのに、出かける予定はないのだろうか。亜土夢が妙に食い下がってくる。

一緒に車でホームセンターへ行き、途中、交通違反でお巡りさんのお世話にもなりながら、しぶしぶ新しい照明器具を購入して来たのは、もうふた月、三ヵ月ほど前だっただろうか。

息子の感覚からすれば、きっとずいぶん長い間、父親がそれを放置しているようにも感じるのだろう。けれど春生にしてみれば、二ヵ月や三ヵ月なんて、ほんのくしゃみをするくらいの間。なにかの考えをまとめるには、全然足りないくらいだった。

しかもその蛍光灯のちらつきは、妻から自分への、ささやかなメッセージかもしれないのだった。

嬉しいとか悲しいとかつまらないとか。寂しいとか楽しいとかもっと話をしたいとか。

そんな小さな感情を、肉体をなくした久里子が、頑張って表現しているのかもしれない。

少なくともその可能性があるうちは、慌てて器具ごと交換する気にはなれなかった。

「もう俺がやる。いいね、今から交換する」

一向に話に乗ってこない父親にしびれを切らしたように、亜土夢がずいぶんきっぱりと言った。

「いやいやいやいや。いやいやいやいやいや」

春生は急いで制止した。バスケのディフェンスみたいに、手を伸ばし、息子の行き先に足を一歩踏み出す。「やるときには、俺がやるから。そのタイミングくらいは自分で決めさせてくれ」

「もう涙目になってるし。うっざ」

「うっざ、とか言うな」

　本当に涙目の春生が文句を言うと、亜土夢は、ふう、とため息をついた。ががが、がががが、とけたたましい音とともに、働き者のお掃除ロボットが足元に迫って来る。触れれば向きを変えるとはわかっていたけれど、息子、父親とも足を上げ、それをひょいと避けた。

「べつにおやじの寝る部屋だから、おやじがいいならいいんだけど、機械が好きっていうくせに、全然、科学的じゃないのってどうなの。なんか気持ち悪くない？」

「いや、べつに。俺、機械は好きだけど、出身は文系だし、そういう矛盾は気にしないんだ。それに人間が思っている科学とは、違う次元の科学だってあるかもしれないしな」

「それって科学とは言わないよね」

「う。そうかもしれないけど」

　春生は息子に簡単に言い負かされ、言葉に詰まった。五十歳のおやじなのに、ちょっとアヒル口みたいになっている。それを見た亜土夢が、ふん、と笑った。

「わかった。じゃあ、おやじさ、これから俺にも、なんの指図もしないでくれる？　特に時間系の説教は、絶対になしね。夜は出かけるなとか、今のうちに風呂入れとか、早く勉強しろとか、もうすぐ試験だろとか」

「だめ。それとこれはべつ」

そこは春生も、素早く父親の顔で言った。亜土夢の生活については、病室の久里子に何度も繰り返し頼まれていた。よくみてあげて、あの子、あなたが思ってるより、ずっとせんさいで、しんけいしつだから……と。「きつく指導するように、久里子にもちゃんと言われてるから」

「うっざ、超うっざ」

これはきっとわざと口にしているのだろう。小さな鼻に皺を寄せ、顔をしかめた高一の息子に、

「うざって言うな」

春生はもう一度注意をした。

2

怒ってたのかな、春さん、やっぱり。

月曜日、塾の授業を終え、下の食料品店、いずみやに立ち寄るとき、久里子はふと思った。

妻の見送りを待たずに、夫がさっと出かけてしまったあの朝のことだ。義姉にも言われた通り、もう必要以上は気にしない、どうせ思い出すなら、楽しかったことのほうを思い浮かべよう、と心には決めていたけれど、ふと思ってしまうのを止めることまではできなかった。

一体どんな顔で、春さんは玄関を出て行ったのだろう。何度考えても答えの出ない問いを、つい自分の中で繰り返してしまう。

ただ、最近はその朝のことを思い出しても、以前ほど激しく胸が痛むということでもなくなっていた。むしろもうちょっとやわらかく、春さんへのお詫びも同時に思い浮かぶ。怒ってた？　春さん。ごめんね、許してね、といった具合に。

「こんばんは」

夜道から挨拶をして、開いたサッシ戸を抜けるとき、ふっ、とそばに春さんがいるような気がした。

いかにも昭和のお店っぽい佇まいと、いつも静かにお店番をするあっちゃんの気配が、亡き夫をゆるやかに思い出すのに、うってつけなのかもしれない。もちろん、春さんが好きだったお店、というのも大きいだろう。

「あっちゃん、また本読んでた？」

微笑みながら訊くと、

「うん。読んでた」

レジの向こうで椅子(いす)に腰掛けていた読書家のあっちゃんは、顔を上げ、映画化の帯がかかった真新しい文庫の表紙を見せてくれた。

「あ、知ってる。それ、図書館ですごい順番待ちのやつだ。やっぱり面白い？」

「うん、最高面白い。悲しいのに、ハラハラ、どきどきする。あと、私も小豆島(しょうどしま)のそうめん工場で働いてみたい」

「小豆島かあ。私、高校の修学旅行で行ったよ。レンタサイクルで島内を回ったな。山の緑と海の青？　本当に景色がよかったの。二十四の瞳(ひとみ)の分校にも行った」

「へえ、いいな」

あっちゃんは病弱で、高校にはあまり通わなかったという話だった。「春さんは？」

「春さんは中学の同級生」

久里子は三十年以上も前の記憶を、思い切りたぐってみた。小豆島では一日たっぷり自転車を乗り回して、いい加減お尻が痛くなった。運動嫌いの友だちが、これでもう私は一生分の自転車に乗った、二度と乗らない、と後半ずっと騒いでいた。「あ、ごめん、いきなりいっぱいしゃべって」

「ううん。楽しい」

ほの白い灯(あか)りの下、ＲＰＧの休憩ポイントみたいに、あっちゃんはやけにほっとできる笑顔で迎えてくれる。それから、あらためてねぎらいの言葉までかけてくれた。「おつかれさま。くーちゃん。もう授業終わり？」

「終わり。すっかり日が短くなったね」

「うん。もう十一月だから」

「早いね、きっと今年もすぐ終わるんだよね」

「終わるね」

とあっちゃん。大人になってからは毎年そんなふうに話して、実際あっという間に年の瀬や新年を迎えるのだった。

「くーちゃん、授業増やすんだって？　孝ちゃんが言ってたよ、子供たちに人気があるからって」

「人気があるかは知らないけど、せっかく頼んでくれるから。じゃあ、やってみようかなって。それに、やるっていうまで、簡単には帰してくれなかったし」

「強引だもんね、孝ちゃん」

「うん、強引」

ちょっと彼女に押し切られた感もある久里子は、素直にうなずいた。「でもすごく親切だよね、孝美。本当に助かってるし、心から感謝してる」

「言っておくね」

小柄なあっちゃんが悪戯っぽく笑った。

「うん。できれば、すごく効果的なところで、こそっと言ってね」

「わかった。こそっと言う」

「効果的にね」

一体どんな効果を期待できるのか。時給が少しくらいアップするのだろうか。そんな軽口で応じておく。

それから久里子は、店内の低い陳列棚をゆっくり眺めて歩いた。おせんべい、あられ、キャンディ、ゼリー、グミ、メーカー品のパンや和菓子。

「いいよ、いいよ、なんにも買わなくて」

いつも通り、控えめなあっちゃんは言ってくれたけれど、

「春さんのお供えに」

豆菓子の袋をひとつ手に取って、レジに運んだ。あっちゃんのお店に顔を出して、そのまま手ぶらで帰っては、仏壇の春さんに文句を言われそうだった。

そんな思いも伝えると、

「春さんは、よっぽどじゃないと怒らないよ」

お店に来たときの、愛想のいい春さんばかりを知るあっちゃんが、ずいぶん自信ありげに言うのがおかしかった。

「そうかな、案外かりかりしてるときもあるよ、春さん」

「ううん。春さんは怒らないって。いつもにこにこ笑って見てるの。それが春さん」

まるで久里子に言い聞かせるみたいに、あっちゃんはやさしく言ってくれた。


「じゃあ、また来るね」

小さく手を振っていずみやを出ると、ちょうど通りをそれて教室へ上がる階段のあたり、ビルの陰で固まっていた子供たちのグループに見つかった。

「お、加部先生だ」

「久里子先生」

「くーちゃん先生」

「まだいた」
二、三十分前まで、二階の教室でがっつり顔を合わせていた上、きちんと今日のお別れの挨拶もしたのに、思わぬ再会を喜ぶ騒ぎになった。男女混交、六人ほどのグループだ。
「どうしたの、あなたたちも、まだ帰らなかったの」

久里子は笑顔で訊いた。

「セブンに行ってた」

「うん、セブン」

「かおたんがママにお買い物頼まれたから」

「先生、セブンのたまごサンド食べたことある？」

「あれって超おいしいよ、先生」

「俺、からあげ棒食べた」

「俺も」

「大丈夫？　ご飯食べられなくなるよ」

　と久里子。

「へーき」

「俺もへーき」

「じゃあ、もう寄り道しないで早く帰りなさいね」

「はい」

「はーい」

「先生、セブンは寄り道じゃないからね」

「あ、そうだね。お母さんに頼まれたんだもんね、お買い物。ごめんね」

「違うよ、かおたん。先生はこのあとのことを言ったんだよ」

　そんな子供たちに囲まれる姿を、春さんは見ていてくれるだろうか。

「じゃあ、気をつけて帰りなさいね」

もう一度言って、久里子は子供たちとも手を振って別れた。

ずっとそばにいるのは、彼なのだろうか。

それとも久里子の中にある、彼の記憶なのか。

いつも久里子のそばを、春さんがついて歩いている。相変わらずそんな気がした。

騒がしい外では、ちらり、ちらり、姿を見せながら。

静かな家の中では、みしり、みしり、音を立てながら。

あの日、急にいなくなってしまったから、まだ久里子はぽかんとしたままなのかもしれない。十八年と十一ヵ月を一緒に暮らしたあと、春さんがいなくなってまだ……まだやっぱり一年半しか経たないのだった。

春さん、どうせならもっとちゃんと出て来てよ。

よく姿を見せて。

心の中で呼びかけても、答えは返ってこない。

駅に向かいながら小さく鼻をすすり、久里子はバッグから取り出したハンカチの角で目の端をぬぐうと、それを仕舞いがてら携帯電話を取り出した。亜土夢に連絡しておこうと二つ折りの携帯を開く。

と、着信履歴が一つあった。

少し意外な相手、先月しゃぶしゃぶを一緒に食べた西沢君からだった。

あのとき念のため、事前に携帯番号を教え合っていたのだけれど、お互い約束の時刻までにお店に到着したこともあって、実際に携帯でのやり取りはしなかった。その後も久里子はお礼のハガキを出しただけだったし、彼からもかかってこなかったから、この電話がはじめてになる。

なんだろう、急に。

かけてきたのはちょうど久里子の授業中だったらしい。着信から少し時間が経っていたし、夕刻では彼のほうも忙しくなっているかもしれない。それに久里子自身も外でバタついているタイミングだったから、すぐに折り返すのはやめ、まず息子に連絡をした。

はい、とぶっきらぼうに出た声が、春さんにそっくりで本当にどきっとする。やっぱり男の子だ。これからもっと、いろんな面で父親に似るのだろうか。

「亜土夢？　あなた、今どこ」

「家ーっ」

と語尾を伸ばして亜土夢が言う。

西沢君に電話をかけ直したのは、翌日、午後になってからだった。

前と同じ、会社のデスクにかけてもいいようにも思ったけれど、せっかくなので携帯を鳴らす。誰かの携帯電話にかけるのに、いちいち相手との距離感まで考えてしまうのは、やはり携帯のない時代を長く過ごした世代だからだろうか。

「ごめんね、すぐじゃなくて」

「いいよ、べつに。俺たち、高校生のカップルじゃないんだし」

笑った古い友だちの口調は、先月の親しさのままだったのでほっとした。あの日は酔いに任せて、いろいろ余計なことを喋ってしまった。翌朝になって、久里子は猛省したのだった。

春さんのことを心置きなく話せて嬉しかったのだけれど、同時に、西沢君とふたりで会っているということ自体、そこに大切な誰かがいないと思い知らされるようで切なくもあった。

きっとそのせいで、お店を出る頃には、ずいぶん愚痴めいたあれこれを彼にぶつけてしまったのだろう。笑顔でそれを受け止めてもらったお礼と、だらしなかったお詫びを季節のハガキにしたため、久里子はすぐ西沢君に送ったのだった。

連絡は、それ以来なので緊張した。

「ついた？　ハガキ」

「あ、ついた」

「ごめんね。あの日は。ハガキにも書いたと思うけど」

「いいよ、そんなことは気にしなくて。っていうより、なんにもおかしくなかったし。俺なんか、昔、もっと恥ずかしいことしたんだから」

「そうだっけ。例えば？」

「思い出したくもない」

きっぱり言った西沢君に笑い、昨日はなんの用だったのか、さっそく久里子は訊ねた。

うん、と咳払いをひとつしてから、西沢君は、久里子には絶対忘れられない日付を口にした。

それは春さんが、会社帰りに倒れた日だった。

「そうだよな。やっぱり。俺もそうだなって思ったんだ」

西沢君は言った。早く先を訊きたい気持ちを抑え、彼が自然に話すのを待つ。

いつになくほとんど脱線せず、古い友だちはすぐ本題に入ってくれた。

あの日、春さんのしたことがひとつ、わかったらしい。

3

彼女と行列に並ぶのは、一緒に天丼を食べた日以来だった。

春生は秘書課の三浦さんと、ランチに少し遠出をしていた。

「何分くらい待つかな、これ」

レンジの加熱時間でも確かめるような、さらっとした春生の質問に、

「三十分くらいですかね」

お財布と携帯だけが入るくらいの、小さなトートを提げた三浦さんも冷静な感じで答えた。

高速下の古いショッピングモールにある、スパゲティ屋さんの行列だった。カウンターだけ十二、三席ほどのお店には、ランチタイムということもあって、スーツ姿や、上着を脱いだサラリーマンの背中がずらっと並んでいる。

その中に、ところどころ、というのは三人か四人にひとりくらい、学生らしい若者や女性客の姿が交じっている。席待ちの行列も同じく十二、三人ほどで、客層の比率も似たような感じだった。脇の通路を塞がないよう、カウンターと並行するかたちで、隣の医院の壁にぴたっと沿って待つ。オフィスのパーティションに近いような、つるつるの、クリーム色の薄そうな壁だった。

安くておいしいお店に、また一緒に行きませんか？

先日の三浦さんからの誘いは、まったくの社交辞令ではなかったようだ。オススメらしい食べログやお店のホームページのありかが貼られた社内メールが、これまでに何通か送られて来た。魚介スープのつけ麵だとか、とろとろの親子丼だとか、こだわりの立ち食い蕎麦店だとか。わりと渋めなメニューのセレクションになっているのは、春生に合わせてのことか、それともそういったメニューを食べたくなったときに、同伴者の候補として春生がチョイスされるのか。

ともあれ、メールがいくつか溜まったころに、どうですか、どこか気に入ったお店はありましたか？　と内線電話がかかって来たのだけれど、そのときはうまく日が合わずに流れていた。

今日の三浦さんは、残業時間の調整だかなんだかで、いつもより一時間長く、二時までにお昼休みを終えればいいということで、

〈加部さんはお仕事いかがですか。お昼に行列はきびしいですか。一時に戻れるかどうか……ちょっと無理かもしれないんですけど〉

わりと早い時間に、そんな社内メールが届いたのだった。

せっかくだから普段のエリアから少し外れた行列店を目指したいらしいのだけれど、同僚の多くはいつも通りの昼休みだったし、そうでなくても周囲の友人たちからは、彼女の行列好きはとっくに警戒され、何度も付き合わされるのはちょっと、と笑顔で避けられているという話だった。

それがどの程度本気の敬遠話かはわからないにしても、かわりに誘っても大丈夫な相手として、最近、春生が急浮上したのは間違いなさそうだった。管理職の春生なら、ある程度は休憩時間を自由にできるはずという読みも、きっと今日はあったのだろう。実際、春生は三時から社内で人に会う予定だったけれど、そのための下準備はもうできていたから、

二時半にでも戻っていればまったく問題はなさそうだった。

三浦さんには了解の返事をし、念のため、ランチが少し長くなるかもしれないことを、出発間際、グラビアアイドル好きの大橋君に伝えておくと、

「加部さーん、なんか楽しそうじゃないですかあ。まんぷく行列クラブ」

ベネッセ発行の雑誌みたいな勝手なユニット名までつけられ、にやにやといじられた。

この不況下、閑職というよりは一時避難場所のような、社内でも目立って穏やかな部署の所属とはいえ、これでは上司の威厳もなにもあったものではない。もとから、あまりなかったけれども。

ただ、秋から冬にかけて、太い胴回りにもっと脂肪を蓄えている様子の彼は、一つ隣の駅に近いその行列店のこともちゃんと知っていた。ボリューミーなのに、後味がとてもさっぱりしているスパゲティのお店らしい。

それは年配者には嬉しい情報だった。

五十歳ともなれば、さすがに脂っこいものがめっきり苦手になってしまい……というほどのことではなかったけれど、あまり食の好みに変化がない春生にしても、若い時分と同じつもりで食べ過ぎると、とたんに胸焼けや胃もたれに苦しむことになる。後味がさっぱりしているなら、それに越したことはなかった。

「でも、なんで俺を誘わないんすかね、三浦さん。その店なら絶対に俺ですよ。言ってお

いてくださいよ、俺なら、横綱ぺろりですよ、横綱ぺろり」

そんなメッセージをことづかったので、大きなフライパンで、カチャカチャ、カチャカチャと念入りに麺を炒めている音を聞きながら、

「大橋君が、自分なら横綱をぺろりだってさ」

三浦さんに伝えておく。

「横綱」というのはこのお店のメニューで、大盛りのさらに上にあるランクのようだった。明太子、ナポリタン、ジャポネ、バジリコ、チャイナ、梅のり、インディアン……カウンターの上の壁に一品ずつ、額入りで飾られている料理写真がレギュラーサイズの盛り方ならば、「ジャンボ」と呼ばれる大盛りのさらに上、「横綱」はなかなかのものだろう。

そういえばさっきから新しいオーダーや、復誦する声をずいぶん聞いているけれど、「ジャンボ」はいても「横綱」を注文する人はまだいない。ますます行列のつづくお昼の大混雑の中、そんなメガ盛りをいきなりがつがつ食べる巨漢、大橋君と同席するのは、同じ男でも避けたいところかもしれない。

ましてや女性では、なおさらだろう。

それとも、あえてこういう雰囲気のお店を選ぶくらいだから、意外にワイルドな一面を評価するのだろうか。

「大橋君、誘ってほしかったらしいよ、ここに」

春生が一応言うと、やはり三浦さんは困ったような、曖昧な笑みを浮かべている。

「おふたり、すぐ並べるようにしますんで」

春生たちの番まで来ると、スタッフのひとりがそんな声をかけてくれた。とりあえず空いた席に腰掛けて待てば、いずれ隣同士になれるよう、取り計らってくれるらしい。

手近な席を三浦さんに勧め、春生は店の端のほうへと歩き、緑色のスツールに腰を下ろす。待っている間に決めていたとおり、店名にもなっている和風のスパゲティを注文した。

メニューによれば、肉（豚だろうか）、シイタケ、オニオン、コマツナ入りの醤油味らしい。行列からちらちらと様子をうかがうだけで、春生も三浦さんも、サイズはレギュラーで十分だろうと判断がついた。

向こうの席では、三浦さんも決めていた通り、ナポリタンを注文している。春生の視線に気づくと、長い髪をうしろで素早く束ねてから、ふっ、と親しげな笑みを返した。

春さん、わたしがいなくなったら、だれかとまた結婚していいからね。

入院中、久里子は何度かそんなことを言った。

春生はそのたび、

「弱気はダメだよ。誰もいなくなんかならないから」

そうたしなめたけれど、久里子は力なく微笑むと、

「いなくなるよ」

と決まって言うのだった。その事実だけはどうしても変えられない、そういう口ぶりだった。

「わたし、もうすぐいなくなって、本当になにもしてあげられなくなるから。そしたら、春さん、こまるでしょ。だから、わたしがいなくなったら、また結婚して」

そんなふうにも言った。

春生にしてみれば、彼女が入院してからこっち、世話をしているのは自分のつもりだったのに、久里子は久里子で、相変わらず春生を気づかい、夫の至らなさにいろいろ目をつぶっていたのだろう。確かにその場にいて、春生にしっかりできることは少なかった。たとえば家の用を頼まれても、いちいち久里子からの細かい指示が必要になる。迷わずにできることは、病院の個室で、ただずっと久里子と話し、一緒に時間を過ごすことだけだったのかもしれない。もちろん、それこそは久里子がいなければ、できないことになってしまうわけだけれども。

再婚、と言わず、また結婚、と口にした妻の声はそこだけ妙に力強くて、春生はなんだか、あらためて久里子に結婚を申し込まれたような、不思議な気分になった。

一度目は自分が結婚を申し込んだ。

二度目は彼女からだ。

「わかった。どっちが先にいなくなるか、いついなくなるのかもわからないけど、何回生まれ変わっても、俺、また久里子と結婚する。決めた。約束する」

「そんなむちゃなこと、できないんだから。いわないでよ」

「できるよ、できるって」

春生は久里子の白い手を、両手で大きく包み込んだ。

「だって、らいせはどっちも人間じゃないかもしれないでしょ」

「人間じゃないって？」

「ほら、いのししとか」

「じゃあ一緒に山奥で暮らそう」

「にんげんといぬ、かもしれない」

「そうしたら必ず見つけるから、犬の久里子」

「春さんがいぬだから」

「じゃあペットショップを脱走して、久里子を探す」

「にんげんだけど、もし、どっちもおとこのひとだったら？」

「それは……ちょっと」

春生が言葉に詰まると、久里子はくすっと笑った。からかってるな、こんなときに。春生も小さく笑い返した。「結婚できる国へ行けばいいさ」

「あにと、いもうとかも」

「それも、ふたりで静かに暮らせば問題ない」

「わたしがあにでも?」

「なんでもいいよ」

「うまれかわるじきがちがう、とか」

「待ってる、ずっと待ってる」

答えながら、つい力を入れすぎただろうか。いたい、と久里子が言い、春生が包んでいた小さな手を、すっと引き抜いた。やさしく覆っていたつもりだったのに。

病床の妻のその表情を見ただけで、もう泣きそうになった春生は、それでもどうにかこらえ、

「久里子じゃない人と一緒にいても、俺、つまらないからなあ。やっぱり、これからもずっとよろしく頼むよ」

精一杯の笑顔で正直なところを伝えた。実際、久里子ではない誰かと、新たな生活を送るなんて、春生にはまったく想像もできなかった。もとからの相性のよさもあったし、ここまでの長い時間の積み重ねも重要だった。

「もう、そんなこといってないで。ちゃんとほかのひと、みつけないと。春さん、これか

らさき、もっとつまらなくなるよ。なにもなかったら、じんせい、まだまだながいんだから」

久里子はずいぶんニュートラルに、おだやかに言った。とはいえ、もともとは繊細で、どちらかと言えば嫉妬もする。ちょっとした春生の浮気心にも敏感に反応して、怒るというよりも、すぐに悲しく、寂しくなるようなタイプだった。

そんな女性と、春生は結婚してもう十九年ほどが経っていた。

「くーちゃん、この前からそればっかり勧めるけど、本当は嫌なんでしょ。俺がもし、ほかの人と仲良くなったら。そういうの、想像しただけで悲しくなるって、前に言ってたよね。嫌だから、逆に何回も勧めるんでしょ」

強がる妻の気持ちを、つい言い当ててしまうと、久里子は病院のベッドの上で、わっと泣いた。

「でも、しかたがないから。さるものはひびにうとし、だから。きにしないで、春さん、またけっこんして」

泣いているくせに、ことわざまで持ち出して強がる久里子に、春生もこらえきれず、一気にどどっと泣いた。

離れないよ。ずっと一緒にいよう。離れないよ。ずっと一緒にいよう。離れない……。

そして久里子は、今も春生のそばからいなくならない。

和風スパがカウンターに届くより前、ほどなく三浦さんの隣の席が空き、春生はそちらへ移るようにと促された。

鼻をぐずっとすすりながら近寄ると、

「お風邪ですか」

三浦さんが不思議そうに訊く。

「ううん。大丈夫」

と簡単に応じて、席に着いた。行列の一番後ろについてからは、もう三十分以上経っているだろうか。カウンターの中では、Tシャツを着た四人のスタッフが、炒め、味つけ、盛りつけと手分けをしながら、リズミカルに立ち働いている。フライパンに新しくおたまで流し入れているものは、ラードなのかマーガリンなのか。ずいぶん太い麺を、たっぷりのケチャップで炒めた小松菜と海老（えび）入りのナポリタンが、もうすぐひと皿完成しそうだった。

まず三浦さんの前にそのお皿が置かれ、つづいて春生のオーダーした和風スパゲティも出来上がった。

大橋君の言う通り、ボリュームたっぷりなわりに、不思議なくらい、さっぱりした味わいのスパゲティだった。

味つけはしっかりしていたし、太い麺は、もちもちとやわらかい。お腹にどっしりとくる。それなのに最後まで平らげると、あれ、もうちょっといけたかも、とやんわり思わせるような、きれいな後口だった。

バランスよく野菜が入っているからかもしれない。

ふたりとも見事にお皿をカラにして、味への感想を一言ずつ言い合うと、お誘いしたのに申し訳ないんですけれど、割り勘にしていただいていいですか、と三浦さんが秘書課の人らしい丁寧語で、そつのないタイミングで言った。

「え、いいよ、俺が払うよ」

年長者の春生は主張したけれど、いえ、自分のぶんは自分で、と彼女は譲らない。先月、小一時間並んで食べた豪華天丼は、切手のお礼にと春生が支払ったけれど、彼女なりの考えやルールもあるのだろう。一応は男女のことなので、仲を疑われても面倒くさいのかもしれない。それに、安くておいしいものを並んででも食べたい、という彼女の願望には、確かに割り勘のほうがずっとふさわしいようにも思えた。

彼女の希望に従い、それぞれのお勘定を済ませてカウンターを離れると、

「私、ジャンボにしてもよかったかもしれない。なんだか、もっと食べたい気がします」

美人でスタイルのいい三浦さんが、にこやかに口にした。春生は、自分も同じ気持ちだと告げた。ファストフード店の脇から、明るいおもてに出る。

「嘘。やっぱり、ジャンボはないな」

太陽の下、すぐに訂正した。もう少し食べたい気はしたけれど、それくらいがちょうどいい、という分別もちゃんと備わっている年齢だった。「三浦さんも、フードファイターじゃないんだし。あそこでジャンボ食べてたら、いよいよ会社の女子とランチの趣味が合わなくなるんじゃないの」

「いいです。そのときは加部さんに連絡しますから。行列に並んで、たっぷり食べたいときは」

完全にそういう設定にされているようだけれど、そういうことであれば、やはり相手は自分よりも、偉丈夫の大橋君なんかが適任だろう。ただ、何度も推薦しては簡単に退けられている彼のことを、あまりしつこく勧めるのも申し訳ない。春生はその話は控えて、かわりにランチを割り勘にしてもらったぶん、時間があるならお茶でもご馳走するよと誘った。

「はい」

と、そちらは笑顔で了解してくれた。帰りは短くタクシーを使ってもいいくらいのつもりで、会社方向に少し歩き、馴染みのある古い喫茶店に入る。

ドアにカウベルがあり、中に小さな木のテーブルが並ぶお店だった。

ブレンドのコーヒーを注文しかけてから、店内に流れる曲が、「亡き王女のためのパヴァーヌ」だと春生は気づいた。あまりクラシックに詳しい方ではなかったけれど、それくらいの有名曲なら知っている。同じくクラシック通ではなかったものの、その曲を好きだった久里子を思い出して、クリームソーダを頼んだ。

「いいですね、それ」

三浦さんも同じ注文をした。

秘書課の美人と向かい合って緑のクリームソーダを飲み、相変わらず、亡き妻のことを話した。

入院してから急に、クリームソーダをしょっちゅう飲むようになったこと。体力がなくなり、うまく歩けなくなってからも、きょうもあれのみたい、と久里子が望むので、毎日のように車椅子を押して、病院内の喫茶室に行ったこと。そのまま病室に戻らずに、エレベーターで屋上にあがり、青空の下、周囲の街並みをずいぶん長く、一時間も二時間もふたりで眺めていたこと。

そのとき妻がそっと握っていたお守りが、二十年以上も前、独身時代に自分が花園神社で買ってあげたものだと気づいてびっくりしたこと。それをずっと大切に持ってくれていた彼女のことを、自分もますます大切にしたいと思ったこと。

三浦さんがうまく水を向けてくれたし、その件を話し出すと、春生の口はなかなか止まらなくなった。明らかに話題の切り上げどきを誤り、ちょっと余分に話しすぎたと思うとき、春生は自分の老いを強く感じる。

三浦さんはクリームソーダのストローに口をつけ、小さくうなずいていた。

「ごちそうさまでした」

喫茶店を出ると、三浦さんはきちんと頭を下げて言った。

「いいよ、そんなの、丁寧に」

春生が軽く応じると、

「奥様のこと、本当に大事に思われてるんですね」

と三浦さんが言った。前、天丼を食べたあとにも、同じような話をしたかもしれない。

「うん、そうだね」

とあのときは答えたのだったか。それとも「うん、大切」と答えたのだったか。そんなことを思い出しながら、春生が慎重に答えを選んでいると、

「あの。私じゃ、代わりになれないですか」

妙に、すっ、と三浦さんが言った。

「なんの？」

よほど春生は驚いた顔をしたのだろうか。それとも険しい表情でもしてしまったか。申し訳ないことに、三浦さんは急に顔を真っ赤にすると、

「ならないですね。ごめんなさい。忘れてください。完璧に忘れてください」

と慌てたように言った。そう言われてから、ようやく春生は鈍い頭で事態を理解したのだったけれど、果たして話を蒸し返すのがいいものか。あるいは言われた通り、完璧に忘れるのがマナーなのか。

「ありがとう。でも、三浦さん、それ、俺が年寄りだから安心するんだよ」

結局、春生は素朴なお礼と、無用な分析を口にした。「年取っても、アンティークみたいに価値が出るわけじゃないんだし。くたびれるだけで」

三浦さんは、ちがいます、そういうのじゃないです、と首を小さく振って答えたけれど、ともあれ彼女の顔は、まだ赤いままだった。

「じゃあ、私、会社に戻ります。お先に失礼します。ごめんなさい。本当にごめんなさい。完璧に忘れてください」

明らかに挙動不審な様子になり、だいぶ遠い会社のほうへ、突然駆けだして行った。

三時からの約束は、相談役のおじいさんに会社の昔の話を聞くことだった。

秘書課の人にもお世話になったけれど、三浦さんの姿は見えなかった。

一時間の約束が三十分ほど延びたインタビューを終え、役員室を出ると、偶然なのか待っていたのか、古い友だち、同期の西沢が役員フロアの広い廊下に立っていた。

「元気？」

ぽかった。

と西沢は言った。きれいな淡い色のスーツとネクタイが、いかにも若い奥さんの趣味っぽかった。

「俺？　元気だよ」

春生は親指で軽く上唇をなでながら答えた。西沢の顔はジャン＝ポール・ベルモンドに似ている、『勝手にしやがれ』の頃のベルモンドだ、といつも思うことをまた思った。「そっちは？　忙しい？」

「まあね、ぼちぼち」

「役員待遇だもんな。すごいよ」

「五十だぞ。遅いって」

「そうか」

「加部、今日のランチ、秘書課の三浦くんと一緒だったたって？」

「うん」

うなずいた春生は、

「え、あれってまさか、西沢が頼んでやらせたこと？」

ふいに思って言い、

「なにを？」

と聞き返されて、途端に恥ずかしくなった。

「ごめん、忘れてくれ」

さっきそんな台詞(せりふ)を聞いた気がする。

「あ、もしかして俺が、三浦くんを仕向けてるのかってこと？　なんのために。っていうか、なにかあったの。今日。メシ食っただけじゃないの」

「いや、なんにもないよ。当然、メシ食っただけだよ」

「本当かよ、言えよ、正直に」

「なにもないって。本当に」

「そうか。じゃあ信じるぞ」

「おう、信じてくれ」

春生の言葉に、よし、と大きくうなずいた西沢は、

「でも、そういえば三浦くん、前から加部のこと気に入ってたんだよな」

わざと聞かせるみたいな、白々しい口ぶりで付け足した。

「え、そうなの」

「うん、わりと有名」

「そうなんだ」

へえ、と春生は言い、正直なところ、光栄という以上の感想は持たなかった。

もちろん、さっきみたいなことがあっても、子持ちの、いい年の身だ。彼女が本気とも

思わない。もしこっちがその気になったりすれば、途端に「生々しい」と嫌われたりするのだろう。

「きっと俺が久里子のことばっかり話すから、枯れてるふうで、彼女も安心なんじゃないのかな。それか可哀想に思ったのか」

「お前、三浦くんとも、そんなこと話してるの？」

「うん、話してるね」

春生は隠さず言った。「思い切り話してる。俺、最近ずっと久里子暦で生きてるから」

「なに？　くりこれきって？」

「久里子のこよみ」

古い友人の彼は笑ってくれるかと思ったけれど、口を結び、なんだか痛ましいものを見てしまったような、困った目をじっと向けている。春生はさらに自虐的な気持ちになった。

「ひどいんだよ、亜土夢のやつなんてさ、俺のこと、泣きおやじって呼ぶんだ」

「加部」

西沢は目尻の皺をきつく寄せると、小さく首を横に振った。「一年とどれくらいだっけ？久里ちゃんが亡くなって」

「一年半かな」

「そう……。じゃあ、もういい加減立ち直れ」

西沢は一度きっぱりと言ってから、春生のあまりにも情けない表情に気づいたのだろう。少しトーンを弱めてつづけた。「いや、今の仕事もしっかりやってると思うけど。それが終わったら、また違うことしなきゃいけないだろ」

「そうだな。でも今は、いい社史を作ろうと思ってるよ」

春生は慎重に答えた。それなりに大きな会社のイベントだったけれど、不況下で、明らかにみんながもてあましている存在だった。「創業して、もうすぐ八十年だって。この会社。長生きだな」

「おう、じじいだよな」

と役員フロアなのに、西沢も軽く応じてくれた。

「でも俺らが生まれるよりも、たった三十年前に出来ただけって思うと、案外浅い気もしないか？」

「確かに」

同期の男も言う。お互い新卒で入社してから、あと少しで三十年だった。

「時間の感じ方って変わるもんだな」春生はしみじみと言った。「子供のころ、戦争の話とか聞いて、ずいぶん昔のことって思ったよな。でも、あれってまだ戦後二十何年とか、そんな頃の話だもんな。今で言ったら、昭和の終わりとか、平成になったころの出来事を聞かされてる感じだろ。この前じゃないか、そんなの」

「おう。でも加部、昭和の終わりをこの前って言っちゃうのが、もう年寄りの証拠だから
な。うちは嫁が若いから、そのへん気をつけてるよ。昭和なんて、大昔だ」

「まあ、うちも亜土夢には鼻で笑われるな、そんなこと言うと」

「だろ」

西沢が急にやさしい調子で言った。「な、こんどまた、飯でも行こうぜ」

「いいね」

春生もそれには明るく応じた。美味しいものを食べるのは、やっぱり元気が出ると思っ
た。

「いつがいい？」

ただの社交辞令に終わらせないと意気込むように、偽のジャン＝ポール・ベルモンドが
訊く。

「十五日はどう」

春生のほうも、ちゃんと都合のいい日を挙げた。

「十五日？」

「月命日にさ、美味しいものを食べることにしてるんだ。久里子と」

「そっか、いいな。じゃあ、三人で行くか」

「三人？」

「俺とおまえと、久里ちゃんとで」

「おう……ありがとう」

「泣くなよ、会社で」

「泣いてないよ」

本当に泣いていなかったのに、言われると途端に目頭が熱くなり、春生はあわてて目元を押さえた。まだ感情がこわれたままなのかもしれない。

「俺もぐずぐずしたよな。若い頃。だいぶ」

一度、奥さんに逃げられた男が、ぽつりと言った。

「ああ、したね」

「ひどかっただろう」

「ひどかったね」

「あれ、みっともなかったな」

ちょっと笑いを含んだ声で、今は出世した男が言う。

「いや、そんなこともなかったさ」

目元を押さえたまま春生は言った。「楽しかったよ」

「泣くなよ、加部」

「泣いてないよ」

昔よく遊んだ同僚に背中を向け、じゃあ、と春生は手を上げて挨拶した。

4

「これから凪の運転でIKEAに行くけど、一緒にどう？」

久里子が出かけたのは土曜日だった。義姉から急に誘われて、三十分後にはカエル色の四角い車の後部座席に乗せられていた。こちらへ向かう、道すがらの電話だったようだ。

「亜土夢は？　学校？」

助手席の義姉がさっそく訊いた。

「休みなんですけど、彼女とどこか行くとかで朝から。最近、休みはいつもそんな感じで」

「あら、そう。つまんないね」

「楽でいいですよ」

「気晴らしに、ぱーっと買い物しようよ、ぱーっと」

義姉は、高度経済成長期のお気楽サラリーマンのような、奇妙に豪快な盛り上げ方をしてくれた。

横で娘の凪ちゃんがハンドルを握っている。

「ママ、自分が気晴らししたいんでしょ」

「どうかしたんですか」

「ううん、べつに」

ちらりとこちらを向いた義姉は首を横に振った。

「喧嘩（けんか）、パパと、ゆうべから」

「こら、凪そんなこと言わなくていいから」

「はーい」

いつもふわふわ、おっとりした凪ちゃんに、車の運転はまったく不似合い、完全に不向きだと久里子は思うのだけれど、就職氷河期だ、わずかでも資格が役に立つことだってあるかもしれないと、去年、夏休みに普通免許を取ったそうだ。ときどきはこうやって遠出もしているようで、思いのほか、ちゃんと運転している。いかにも若い子の好きそうなリズムの効いた音楽を流し、今も自動車専用道路へ、すんなりと合流した。

「凪、この曲うるさくない？　ｉＰｏｄやめて、ラジオにしなさいよ。ＡＭ１２４２、ニッポン放送。だめ？　じゃあ音、小さくするよ」

わざわざ話しやすい環境を義姉が作ったので、いよいよ夫婦喧嘩についての説明があるのかと思えば、そういうわけでもなかった。天気のことや、ちょうど目に入ったものについての他愛ない話がつづく。やがてカーナビの指示で一般道へ下り、くっきり鮮やかな青と黄色、北欧家具店の大きな倉庫めいた建物に車は入った。

土曜日で混みあっているのか、広い駐車スペースの外れにようやく空きを見つけて停め、体育館のような店内に三人で足を踏み入れる。カラフルな家具で飾られた二階のショールームをしばらくぶらぶら見て歩いてから、フロアの途中、レストランカフェでひと休みすることにした。トレイにスイーツとドリンクをのせて、明るいキッズコーナーに近い席に着く。

「あの、お義姉さん、じつは春さんのことなんですけど」

久里子はおずおずと言った。今日はそのことを義姉に伝えたくて、ずっとタイミングを計っていた。

「春生のこと?」

「はい。あの日、春さん、しゃぶしゃぶ屋さんの席を予約しておいてくれたんですって」

「あの日って?」

義姉が訊く。

「あ、会社の帰りに倒れた日です。春さんの命日」

きちんと整理して話しているつもりなのに、気持ちが高ぶっているのだろう。久里子は自分の説明不足を謝った。「あの日、春さん、四谷の豚しゃぶのお店に、予約の電話を入れてくれたらしいんです。六月の日曜日に三人って。日曜日だから、やっぱり亜土夢と三人だろうねって、にし君……彼の同僚が」

先日の西沢君からの電話は、そのことを教えてくれるためのものだった。

「そうなの？　でも、じゃあそのお店には……」

「そのときはもちろん行けなかったんですけど。私は、先月たまたま」

「まあ」

と義姉が目を丸くして、話の先を促している。ドリンクバーの冷たいソーダで、久里子は少し喉（のど）を湿らせた。

西沢君は先週、またあのお店に行って来たのだそうだ。自分だけずるい、と若い奥さんに責められて一緒に、という話だったけれど、ともかくつづけて利用したことで、上品な和服の女将（おかみ）と親しく話す時間を持ち、おかげで女将も西沢君の以前の来店を思い出して、いよいよ春さんの話になったということだった。

ご予約されて、いらっしゃらなかったんですけど、みたいなことだったらしい。わざわざお店の予約ノートまで見せてもらったのは、たぶん西沢君が、春さんの身に起こったことをきちんと説明したのだろう。ノートには電話のあった日付も書いてあったそうで、それが他でもない、春さんの命日だったという話だった。

「春さん、あの日、そんな電話をしていてくれてたんです。だから少なくとも会社から帰るときには、もう朝のことは怒ってなかったんですよ」

「よかったじゃない、久里ちゃん」

うんうん、と長い話を聞いてくれていた義姉が、大きな笑みを浮かべ、祝福するように言った。「あなた、朝の喧嘩のこと、ずっと気に病んでたんだから」

「はい。もうこれで、あの朝のことはくよくよしなくてすみます。逆に、いい思い出になりました」

久里子は目の端に、熱いものを感じながら言った。

「よかったねー、久里子ちゃん」

平べったいアーモンドケーキに、大きなフォークを突き立てながら、凪ちゃんが甘く言った。「でも春生おじちゃんって、すごくやさしいから、最初から全然心配しなくてよかったのかもしれないよ」

いずみやのあっちゃんと、同じような意見なのがおかしかった。

予約の電話を入れた「命日」のことは覚えて来てくれたのに、春さんが選んだ六月の日曜日が正確に何日だったか、西沢君は覚えていなかった。

もっとも彼も刑事ではないのだから、そんなものかもしれない。ただ、六月にサプライズで美味しいものを食べに行くといえば、久里子には思い当たる日があった。

去年の暦がわからないけれど、その当日か、一番近い日曜日の予約だったのではないか。たぶん他にないだろうと久里子は思っていた。

義姉の喧嘩については、それからちょっと話した。

「もしかして女性関係ですか」

会計事務所勤務三十数年、超がつくほど真面目な義兄に限って、そんなはずはないだろうと思いつつ訊ねると、ううん、それはない、と義姉は即座に否定した。

「うちは母親が恋多き女だったから、私も春生も、反動でそういう関係、妙に潔癖になっちゃったのよね。旦那もそれはよくわかってるから、そういう心配はないわ。ホステスさんのいるようなお店にもいかない」

春さんは仕事の付き合いで、銀座のクラブとかに行くことはあったようだけれど、確かにそれ以上、自分から積極的に女の人のいるお店に行きたがる様子はなかった。

だって気ぃつかうでしょう、俺はそういうの、全然好きじゃないな、それよりもうちのほうがいい。たまに早く帰れた日、久里子の手料理や取り寄せた紀州の、塩がきいたすっぱい梅干しなんかをつまみに、のんびり晩酌しながら言った。いかにもそういう好みの人だった。急逝したあとになって、意外な遊びの証拠が、つぎつぎ出て来るということもなかった。

「地味な喧嘩よ、地味な。あるでしょ、夫婦には。ちょっとした言葉の行き違いや、思いやりの足りなさが気に障って、寂しかったみたいな」

義姉の言葉に、はい、と久里子はうなずいた。

「そういう喧嘩なの。ごめんね、つまらなくて」

「つまらないほうがいいですよ、そういうのは」

「まあね」

「でも仲直りは、早いほうがいいですよ。大した喧嘩じゃないなら、特に」

久里子は自分の経験も重ねて心から言った。義姉もその気持ちは、理解してくれたのだろう。

「そうね。大した喧嘩じゃないんだもんね」

言うと、義姉は小さくうなずいた。

5

久里子、泣きすぎかな、俺。

取り寄せた紀州梅を入れた大きなおにぎりを仏壇に供え、新しく封を切ったお線香を上げ、天井の蛍光灯を気にしながら、春生は亡き妻に話しかけた。

ターミナルケアとはいえ、やっぱり闘病を頑張った久里子の亡骸(なきがら)が、病院の霊安室からこの部屋に運ばれた夜、春生はずっとそばにいて話しかけていたのだった。

くーちゃん、大変だったね。ごめんね、助けられなくて。

くーちゃん、ごめんね、助けられなくて。

ごめんね、くーちゃん、かわってあげられなくて。

今すぐ一緒に行きたいけど、亜土夢がいるしな。どうしよう、くーちゃん。俺もうだめかも。

親戚のことも亜土夢のことも、完全放置で妻の亡骸のそばについていた春生は、ときどき人が運んでくれたものに、仕方なくちょっと口をつける以外、ほとんど飲まず食わずでいた。そしてついうとうとした明け方、夢を見たのだった。

棺に横たわったまま動かない久里子のうしろに、上体を起こし、こちらを向き、にこにこと笑っている久里子がいる夢だった。

それは亡骸からすーっと魂が抜けていくイメージ映像のようでもあり、春生はぎりぎりのところで自分が夢を見ているのだろうとは判断しつつも、あるんだ、やっぱり、こういうことは、あるんだ、とも心の片隅で思っていた。

そのとき久里子が自分を見て、笑ってくれていたのが一番の救いだった。

くーちゃんが笑ってる、くーちゃんが笑ってるよ、と繰り返して、いつの間にかまた目を閉じていたのだろう。夜が明けてからは、亡骸の妻とともに、そこを抜け出した久里子が空中のどこかにいるようで、その両方に春生は話しかけていた。

蛍光灯のちらつきを自然に彼女のしわざと思ったのは、きっとそのせいもあるのだろう。あるいは本当にそこにいるのに、もう、少しも気づきやしない薄情な夫に、いたずら半分で、ほら、春さん、私はここにいるよ、と知らせてくれているのかもしれない。いくつになっても久里子には、そういう娘らしい、お茶目で可愛らしいところがあった。

「時間があるなら、ちょっとIKEAでも行こうか」

もう一度仏壇のお鈴をチーンと鳴らしてから春生は庭に行き、めだかの世話をしている亜土夢に声をかけた。

気に入らない誘いは相変わらず完璧に無視するくせに、なにかほしいものがあったのか、それともよほど暇だったのか、中のレストランでミートボールを食べたくなったのか、少し考えてから亜土夢も、行く、と言った。

わたしがいなくなったら、春さんがいえをきれいにして。

新しい結婚を勧める一方で、そんなことも口にした久里子だった。

他の人を選ぶ気がない以上、春生は自力で家を快適にしようと決めた。心強い相棒、平べったいお掃除ロボット、Rと一緒に。

「なあ、おやじ、なんでこんなにのろのろ運転してんの」

家を出て三分もしないうちに、助手席の亜土夢が不思議そうに言った。

「制限速度」

「ださ」

「ださくないだろう、それは」

「うしろがみんな迷惑してるよ」

なんと言われても、ここで正しいのは自分。安全運転を心がけて、交差点の信号もきちんと黄色で停まる。

春生は自分の父親が、今の自分より一回り以上も若い三十七歳で他界したことや、そうやって連れ合いを亡くした母親に対して、これまでずいぶん厳しい目を向けていたことなんかを思い出していた。

自分よりは、まだ姉のほうが母親とは親しくしている。いいの？　それで、春さん、今日もちょっときつかったよ。その件では、かなり感情のねじれに根深いものがあると理解してくれている久里子にも、何度かたしなめられた。やんわりとではあったけれど、残念そうに。来年の久里子の命日にでも会ったら、少しくらい、母親にもやさしい声をかけてみようかと思った。

「なんの曲。これ」

スマホをいじっていた息子が、ふと顔を上げて言った。

「ん、モーリン・マクガバン。タワーリング・インフェルノ、愛のテーマ。いい曲だろ。パニック映画の主題歌だよ。超高層ビルが完成記念パーティの日に火事になるんだ」

「情報長っ」

「そして、これは中学のときの、俺と久里子の思い出の曲なんだ」

「ちぇっ。またそれか。ちぇっ、訊かなきゃよかった」

「まあ、クラスが一緒なだけで、思い出っていうほど親しくなかったけどな。この映画、その頃、流行ってたんだ。それでちょっと話したくらいかな。でも、それから十年、十五年近く経って、久里子と偶然再会したんだから、やっぱり運命で結ばれてたんだな」

「はめられた、泣きおやじの罠にはめられた、そういうの全然聞きたくない」

「うるさいよ、誰が罠はってるんだよ」

そんな調子で騒がしく車を運転して、久里子が好きな北欧家具屋さんに行く。大きなカートをがらがら押して、生活用品やシンプルな収納家具を選んでいる春生のもとに、亜土夢が自分用の雑貨を持って来ては、勝手にどんどん籠入れをしている。やっぱりお気に入りのミートボールを食べたいと言うので、途中、混み合うレストランで休憩をした。春生はセルフのコーヒーをテーブルに運んだ。

「でも毎週、暇そうだな。高一だろ。彼女くらい作れよ」

人生の先輩として、春生は亜土夢に言った。

「いるよ、彼女」

息子が口を尖らせ、見返している。

「そうか。いるのか。名前は」

「いいじゃん、名前はなんだって」

「いいから教えろよ」

「小田桐セーラ」

亜土夢は答えると、それ以上は教えないとでもいうように、ミートボールをフォークで刺すと、口に放り込んだ。

「いい名前じゃないか。今日は会わないのか」

「部活。あっちが」

もごもごと答えた。

「へえ」

「終了。もうこの話、おわり」

息子が顔を横に向けたので、質問はそこまでにした。でも、これは仏壇の久里子に報告しないといけない。中学まではよくモテていたようなのに、春生とふたりで暮らすようになってから、亜土夢が少し地味になった気がして心配していた。

帰りももちろん、安全運転を心がけて家を目指した。

ぶじカーポートに車を入れ、息子と手分けして荷物を運び込むと、

「天井のライト、交換してもいいぞ」

春生はぼそっと亜土夢に告げた。

偉そうに言うくらいなら自分でやれ、と言い返されるかとも思ったけれど、いつも生意

気な息子は、

「いいの？　本当に」

妙に子供らしい、弾んだ返事をした。

「いいよ」

「おやじ、自分でやるんじゃなかったの」

「いやあ、覚悟は決まったから。亜土夢がやってくれ」

「なんだ。今度嫌がったら、またスマホの母さんの写真見せて、わーわー泣かせてやろうと思ったのに」

「やめろ、それは」

春生は言い返した。どんなにしっかり覚悟していても、あの写真を見せられれば、やっぱり泣く。また秒殺される自信があった。

でも息子なりに、春生の気持ちを尊重して、少し待ってくれてはいたのだろう。そのことはよく理解した。「亜土夢、お前、いいやつだな」

「なにそれ。会話が嚙み合ってないし」

不機嫌そうな物言いも、天井ライト交換への期待に負けるのか、語尾がちょっと弾んで聞こえる。それはきっと単純に電気好きの血なのだろう。そもそも息子は、久里子の影響で蛍光灯がちらつくなんて、かけらも信じていなさそうだった。

物入れから脚立と古新聞を取り出し、一緒に和室に行くと、泣きおやじの気が変わらないうちにとでもいうように、亜土夢はまず手早く天井の照明器具を外し、それから新品のほうの段ボール箱を開け始めた。

明かり取りの窓からの日がまだぼんやり射す中、春生は黙って、埃掃除とゴミの片づけをはじめた。

春生にとっては、久里子を思い出させるすべての気配や存在が、愛しい妻そのものなのだった。

すっかり肉体を離れた存在は、そうやって家の中や、外の景色にもいるはずだった。だから一つくらいそれがなくなっても、本当は平気なのだ。もちろん一つでも久里子の気配が消えるのは、さびしいことには違いなかったけれども。

久里子となじんだ場所や物が、少しずつなくなり、かわりに久里子の知らないなにかが新しく生まれる。

今はそのあいだを、春生の思いがつないでいるのだろう。いつか春生も消え、久里子のそばに行くまでは。

そのときには亜土夢が、記憶をつないでくれるのだろうか。

ずっと部屋をちかちか照らしてくれた久里子の蛍光灯を、春生は濡れ雑巾で丁寧に、丁寧に、ずっと丁寧に拭いてから、ひとまず新しい照明具の空き箱の上に置いた。

気がつけば、シンプルなライトがもう天井にはりついている。今までこの部屋のものにはついていなかったリモコンを操作して、息子が天井ライトを点けて、明るさを調節した。

そのときだ。

真新しいライトがいきなりぱちぱち、ぱちぱち点滅したのだった。

「久里子」

「母さん」

ほとんど同時に発した春生と亜土夢の声が消えるまでも持たない、ほんの短い点滅だった。

「久里子っ」

「母さん」

「久里子お」

「母さん」

天井に向かって声をかける親子を、今取り付けたばかり、新しいライトが白く見下ろしている。

結局交換した照明具は、その一度だけばちばちと光り、それきりもうちらつかなくなった。

6

妻と娘のどっちも携帯に出ないけれど、行き先を知らないだろうか。義兄から電話がかかって来たのは、久里子がＩＫＥＡから戻り、他でもないそのふたりに紅茶を振る舞っているときだった。

「いない、久里ちゃん、私はいないって言ってね」

電話相手にも丸聞こえの声で、義姉がわかりやすい拒絶をしたので、どうしましょうか、と義兄にも相談し、かわりに娘の凪ちゃんに出てもらう。

「うーん、パパ、はーい、よくここだってわかったね。こっそり出て来たのに」

呑気（のんき）な声で応じた凪ちゃんが、うん、うん、えー、わかんない、うん、面倒くさい、やだ、じゃあもう直接話して、と言い、家電（いえでん）の子機をあっさり義姉に手渡した。

「なんで。私いないのに」

おもちゃの時限爆弾でも受け取ったみたいに、子機をどこかに押しつけられないかと周りを窺（うかが）った義姉が、やがてあきらめたように耳に当てた。「はい、ご指名ありがとうございます……嘘よ。どうしたの。なにかご用ですか」

とげとげしく話しているけれど、きっとこれくらいのことでも、夫婦喧嘩のヨリは、するっと戻りもするのだろう。

そう思うそばから、義姉の声がやわらかく変化して行くのがわかる。

やがてお手洗いに立った凪ちゃんが、廊下に来た？」

「久里子ちゃん、廊下に来た？」

「ううん」

「じゃあ誰かいたよ、人が歩いて来る音がした」

相変わらずのんびりした調子で言いながら戻って来た。

「へえ。凪ちゃん、感じたんだ」

「うん。誰かが歩いてた。誰？」

「みしみしさん」

久里子は答えた。その答えを、ふわふわの声で姪が繰り返している。

「みしみしさん、か」

「そう、みしみしさん」

「それって春生おじちゃんなの？」

「さあ、どうなのかな」

それは幽霊のようなものなのだろうか。

それともこちらとは違う世界で、やっぱり春さんが暮らしていたりするのだろうか。

電話を切った義姉は、少し照れくさそうに息をつき、子機を久里子に手渡すと、

「仕方ない、凪、帰ろう」

とさっぱり言った。「パパが早く帰って来てほしいって。久里ちゃん、ごめんね、バタバタして」

「いいえ、よかったです」

「パパ。晩ご飯くらいひとりで食べればいいのに」

凪ちゃんが言う。「私、久里子ちゃんの作るオムライス食べたかった。結局ママが甘いの。ケンカだってすぐ許しちゃうし」

「いいの、ちゃんと謝れば」

お義姉さんが言う。

そうやってふたりがバタバタ帰ってから、久里子は晩の支度まで、しばらく休憩することにした。物入れから去年の手帳を探し出して、六月のカレンダーの日付を確かめる。

去年の結婚記念日は、やっぱり日曜日だった。

嬉しい。

春さん、嬉しい。

その日の予約をしておいてくれたのだろう。

久里子はしばらく去年の手帳、結婚記念日にしゃぶしゃぶの予定は書き込まれていない

六月のスケジュールを眺めていた。

それから確か一枚あったはず、とユーミンの古いLPをラックから取り出した。この前、西沢君と話題にしたのとは違うアルバムだった。セッティングのよくわからない春さんのアナログプレーヤーを、どうにかいじって音を出して、居間のふかふかソファに横たわった。

縁だとか人のつながりだとか、そういうものの不思議さを久里子は考えていた。春さんと結婚しなければ、今こうやって、義姉と姪を慌ただしく送り出すことも、そのあとのふっと空いた休憩時間を過ごすこともなかった。

まだすぐそばにいるような春さんの気配とともに、うとうと、うとうとしながらLPのAB両面を聴き、つづけてどれくらい無音の状態を過ごしただろう。ラックにそれを戻すと、じっと目を細めてジャケットの背を眺め、今度は映画のサントラ盤を引っ張り出した。タワーリング・インフェルノのレコードは、春さんの持ち物だろう。なんとはなしにそれを選び、丁寧にターンテーブルに載せた。ぼつっと針を置くと、ちりちり、ちりちり、と雑音が聞こえ、床置きの大きなスピーカーから、やがて華麗なテーマソングが流れ始める。

いつだったか、久里子は春生と一緒に、新宿でおだんごを食べに入ったことがあった。まだ結婚する前の話で、でもその頃には、加部君ではなく春さんと呼ぶようになっていたから、もう恋人同士、それも式が近い頃だったのだろう。三丁目にあるおだんご屋さんで、それぞれにみたらしとこしあん、二本盛りのセットを頼み、昆布の佃煮(つくだに)を付け合わせに、緑茶でいただいたのだった。

「うまいね、これはうまいよ」

みたらしの串を口に運んだ春さんが、できたての、もっちもちのおだんごにずいぶん感心したように言い、

「旅の途中で食べるわけだ」

と、いくらかおどけて付け足したのをよく覚えている。古くからある、街道沿いのだんご屋さんだった。まだ二十代のダメなサラリーマンを自称する彼は、時代劇の茶店のシーンでも思い出したのか、

「いやあ、旅の疲れが取れるね、これは、本当に」

しみじみと言ったのだったけれど、

「春さん、旅の疲れって言っても、ここ、まだ旅のはじまりのほうだよ」

彼よりはその界隈(かいわい)にちょっと詳しい久里子は指摘した。

正確には街道二つの分岐点、追分のだんごなのだったけれど、きっとまだ分かれ道を、人生のスタートと捉えるような年頃だったのだろう。こちらからは起点に近くても、よそから来る人にとっては終点、という考えも持たなかった。

「そうなの？　はじまりなのか、ここ」

春さんは、ははは、と照れたように笑い、のんきにおだんごを口に運んでいた。

「だって、ここから旅がはじまるって感じしない？　この分かれ道からが」

久里子は言った。なによりそこはふたりが偶然再会した場所の近くだった。

「そうか、そういうもんかな」

「うん、そうだよ。うしろが内藤新宿。あっちが甲州街道。あっちが青梅街道」

そして春生とは、ずっと同じ道を歩いて行こうねと約束したのだった。

どこかではぐれないように。

はぐれてもまた会えるように。

「春さん、はぐれたら、またここに戻って来ようね」

そのすぐあとに近くの神社で買ってもらった身上安全（みのうえあんぜん）のお守りを、久里子は今もずっと大切にお財布に忍ばせている。

果たして春さんはそれを知っていただろうか。たぶん知らないだろうな、と久里子は思うのだった。

解説　「君のいた日々」のある日々

木皿　泉

　義母が亡くなってすぐだった。ダンナの実家で私たち夫婦が夕御飯を食べていると、義父がその前にやってきて、天井を見上げ大きくため息を吐いた。そしてものすごくおおげさな言い方で「ママが死んで両腕をもがれたようや」と、明らかに私たちに聞こえるように独り言をつぶやくと、隣の部屋へ消えた。私たちは茶碗と箸を持ったまま「今のなんやったん？」と顔を見合わせた。後にも先にも義父が先立たれた妻のことを言ったのは、そんな芝居のようなセリフだけだったと記憶する。

　私の母が連れ合いを亡くした時は、その反対で、まわりの人から「さぞかしお寂しいでしょうねぇ」と声をかけられ、私にそっと打ちあけた。「それが全然寂しくないねん。私、おかしいのかなぁ」と居心地わるそうに言った。

　義父と母のエピソードは、なんだか笑える話として私の中に残っていたが、藤野千夜さんの『君のいた日々』を読んで、あっそうだったのかと思った。

『君のいた日々』は配偶者を亡くした後の生活を、夫と妻のそれぞれの立場から描いた小説である。いわゆるパラレルワールドというのだろうか、夫の世界では妻が不治の病で亡くなったことになっていて、妻の世界では夫は過労死で亡くなったことになっている。

読みはじめは、本当に死んでいるのは夫なのか妻なのか気になってしかたがない。脚本家という仕事がら、このSFのような、日常から少し浮いた話をどのように着地させるのか、人ごとながら気をもんでいた。が、不思議なことに読み進めてゆくうちに、そんなことは気にならなくなってゆく。そんな話の段取りなんてどうでもよくなってくるのだ。そんなことより、ここに書かれているささやかなこと、食べたり、歩いたり、しゃべったり、笑ったかと思うと、ちょっと泣いたり、何かを見たり触ったり、歌を口ずさんだり、そんなことがどれも本当のことのように思えてくる。

不思議な小説だった。私が最初に思っていたようなSF的な解決は用意されていなかったのに、ちゃんと終わっていた。そもそも、この話は、どっちが死んでいるかなんて、どうでもいい話だったのだ。

長年一緒に暮らしてきた人を亡くすということをコトバにするのは難しい。悲しいだけではすまない何かがあるだろう。波で洗われる砂の城のように、少しずつ自分の何かが崩れてゆくような、でもそれをくい止めるすべもない。そんな恐ろしいような心持ちなのではないかと想像する。

義父はイチャイチャとめしを食う息子夫婦を見て、自分が永遠に失ったものを見せつけられ、でも言うべきコトバを持っていなかったのだろう。だから、どこかで聞いたようなセリフを、どこかで見たような芝居がかった調子で言うしかなかったのではないか。

私の母は、人からかけられた「お寂しいでしょう」という一般的な挨拶では説明しきれない何かが、きっとあって、それが受け入れ難かったのだろう。

人を亡くした寂しさは、一言で説明できるものではない。そして、そんな気持ちをわかってくれる、いつも一緒にいた人は、もういないのだ。唯一、そんな寂しさを共有できるのは、別れなければならなかった当事者である二人だけだったというパラドックス。

私たちは、大切な人を亡くした時のコトバを持っていない。人生に何度もおこることであれば、それは自分のコトバとして獲得してゆけるのだろうけれど、ある日突然、生活の一部ともいえるものを根こそぎ奪われた時、私たちはどんなコトバも持つことができない。

作者は、そのことをよく知っている。ここに書かれているのは、ただ念仏のように繰り返されるつぶやきだけだ。「もう一度会いたい」という切実な願い。もう一度会えるかもしれないと妻が握りしめた拳の中にある神社のお守り。またもう一度交信できるかもしれないと夫が願い続ける、点滅する電灯。そのどれもが、本当のこととしてここにある。

「ねぇ、にし君。なんでこんなにさびしいのかなあ」

「それはさあ、幸せだったからじゃないの？」

「そうか。そうだね」

そうなのだ。この小説は、亡くなった後のことしか書かれていないのに、二人が生きていた頃の幸せだった暮らしが、読んでゆくうちにとてもリアルに見えてくる。ここで、私は泣けてくる。「二人の暮らしは、もうここにはないかもしれないけれど、確かに間違いなく、ここにあったんだ」とこの本は私に言う。神戸の街を歩きながら、私はそのことを思い出し、また泣けてくる。

（きざら・いずみ／脚本家）

★本解説は、「ランティエ」二〇一四年一月号に掲載されました。

本書は二〇一三年十一月に小社より単行本として刊行されました。

ハルキ文庫

君(きみ)のいた日々(ひび)

著者 藤野千夜(ふじのちや)

2015年5月18日第一刷発行
2024年2月18日第二刷発行

発行者 角川春樹

発行所 株式会社角川春樹事務所
〒102-0074 東京都千代田区九段南2-1-30 イタリア文化会館

電話 03(3263)5247(編集)
03(3263)5881(営業)

印刷・製本 中央精版印刷株式会社

フォーマット・デザイン 芦澤泰偉
表紙イラストレーション 門坂 流

ISBN978-4-7584-3901-5 C0193 ©2015 Chiya Fujino Printed in Japan
http://www.kadokawaharuki.co.jp/[営業]
fanmail@kadokawaharuki.co.jp[編集]　ご意見・ご感想をお寄せください。

JASRAC 出 1503388-402